Christian Friedl
Ungleich-Schritte

Christian Friedl

Ungleich-Schritte

Reisen in vertrautes Neuland

Illustrationen von Stefan Schenk

Tyrolia-Verlag Innsbruck–Wien

CIP-Titelaufnahme der Deutschen Bibliothek
Friedl, Christian:
Ungleich-Schritte : Reisen in vertrautes Neuland / Christian Friedl.
Ill. von Stefan Schenk. – Innsbruck ; Wien : Tyrolia-Verl., 1991
ISBN 3-7022-1774-6

Umschlag: Stefan Schenk

1991
 Gesamtherstellung in der Verlagsanstalt Tyrolia Gesellschaft m.b.H., Innsbruck.

Inhaltsverzeichnis

Der Affe, die Kuh, der Mensch und das Meer

Wohin hätte ich auch gehen sollen? Die Bürger wollten mich nicht mehr sehen, weil ich nicht fähig war, einen Nagel in eine Wand zu schlagen, und die Musikanten sahen mich nicht einmal an, da ich mich schon aus biotechnischen Gründen zum Foxtrottel nicht eignete. Die Entscheidung, die ich traf, schien mir aus rein vernünftigen Überlegungen durchaus vertretbar: Ich wurde zum Affen.

Da saß ich nun also auf meinem Baum mitten im Dschungel, grabschte mir dann und wann eine Banane, hatte panische Angst vor Raubtieren – im ganzen gesehen, war ich recht glücklich in jener ersten Zeit.

Auf einem meiner täglichen Streifzüge – ich glaube, es war am dritten oder vierten Tag – entdeckte ich auf einer kleinen Lichtung einen ganz besonderen Baum, der mich sofort geradezu magisch anzog. Er wuchs, so schien es mir, bis in den Himmel, und sein Stamm war so dick, wie ihn vier normale Bäume zusammen nicht haben. Vergeblich suchte ich nach einer Liane, um mich elegant in seinen Wipfel zu schwingen. Eine volle Viertelstunde hielt ich mich auf mit meinem vergeblichen Bemühen – dann zog ich verdrossen den Schwanz ein und machte mich daran, das architektonische Meisterstück der Natur zu erklettern.

Es wurde nichts daraus. Wohl an die zwanzigmal hieb ich wütend mit den Nägeln in den Stamm, der mir mit jedem Mal glatter erschien, härter und unnahbarer. Hatte ich es einmal geschafft, mich wenige Zentimeter hochzuziehen, so mußte ich feststellen, daß meine Pfote plötzlich an Kraft verlor und ich schließlich wieder dort saß, wo ich begonnen hatte: auf dem Boden. Am Ende blieb ich frustriert sitzen: Mir war, als sei mir alle Kraft verloren, und wieder einmal überkam mich ein Gefühl, das mir von Kindheit an vertraut war und an das ich mich doch niemals gewöhnen konnte: das Gefühl nämlich, ein Nichts zu sein und nie die Chance zu bekommen, dem Sumpf meines Daseins zu entfliehen.

Ich saß wohl bis zum Abend dort. Als mein Magen zu knurren begann, schleppte ich mich in den Wald zurück, stopfte lustlos ein paar Bananen ins Maul und suchte mir einen Baum, auf dem es sich einigermaßen schlafen ließ. Noch während peinigende Alpträume mich übermannten, hörte ich das Zirpen der Grillen wie ein tausendfaches Gelächter, das über mich hereinbrach, um mich zu verschlingen.

Als ich im Morgengrauen erwachte, war ich keineswegs ausgeruht. Ich lag auf einem schmalen Ast, der sich schon bedrohlich neigte und den ich mir niemals freiwillig zum Schlafplatz gewählt hätte; dumpf erinnerte ich mich, daß ich mitten in der Nacht mit einem Schrei hochgefahren und von meinem Ast gefallen war.

Ich fühlte mich schlecht an diesem Tag; in der Erinnerung scheint es mir fast, als hätte ich mir eine Grippe zugezogen – ich habe übrigens schon immer zu Erkrankungen dieser Art geneigt.

Müde verrichtete ich meine täglichen Pflichten, beschaffte mir ein paar Nüsse, da mir die Bananen heute zu hoch wuchsen, und versuchte verkrampft, einige Bäume zu erklettern. Normalerweise übte ich mich mit Begeisterung in dieser für Affen lebensnotwendigen Sportart – heute bekam ich höchstens Kopfweh davon.

Das Schlimmste aber war, daß mir der seltsame Baum auf jener Lichtung nicht aus dem Kopf ging: Wenn ich eine Banane sah, dachte ich an die vielen reifen, süßen Bananen, die vielleicht in seiner Krone versteckt waren, oder an die Schätze von Nüssen, die sein Stamm verbarg.

Doch es kam noch schlimmer: Zu Mittag fiel ich in einen halbbewußten, fiebernden Zustand; und in meinen

Phantasien sah ich die schönste Äffin, zu schön für diese grauenvolle Welt: Der stolze, vorgereckte Kopf mit seinen kindlich großen Augen; das weiße Schulterfell der Sachtari ... In ihrer Hand hielt sie ein Zepter, und ich wußte sofort, daß sie vom höchsten der Äste jenes Baumes aus regierte!

Drei Tage fühlte ich das Fieber. Dann, endlich wieder frei, begann ich zu üben: die höchsten Bäume, die schwächsten Äste, die gefährlichsten Wipfel – sie alle eroberte ich nach einiger Zeit. Ich arbeitete an mir wie wahnsinnig. Was sollte schließlich meine Prinzessin von mir denken, wenn sie mich ansah und erkannte, daß ich ein Schwächling war? Schon so war ich nicht würdig; doch ich wollte mein Bestes geben und noch mehr.

Einen Monat lang trainierte ich. Dann fühlte ich mich stark genug. Ehrfürchtig betrat ich die Lichtung, näherte mich dem Heiligtum des Baums, holte tief Luft und schlug meine Nägel in die Rinde.

Wie verwundert war ich, als ich nicht wieder zu Boden fiel! Wie begeistert, als ich zwei Minuten später hinabblickte und feststellte, daß ich mich fast einen Meter von der Erde entfernt befand! Nie gekannte Begeisterung erfaßte mich. Mühsam, aber umso glücklicher arbeitete ich mich an dem heiligen Stamm hoch.

Nach einer Stunde erreichte ich die erste Gabelung des riesigen Baumes. Ich verschnaufte kurz, dann ging es weiter: Höher und immer höher arbeitete ich mich, war bald außer Atem und glaubte dann wieder, ich könne bis zum Himmel so klettern. Immer hatte ich die Vision meiner Königin vor Augen, die mich wie magisch anzog und deren Gunst es nur zuließ, daß ich überhaupt den Baum gefunden hatte: Mit überirdischen Kräften herrschte sie über ihr Reich – und ihr Reich, davon war ich mittlerweile überzeugt, überschattete mehr als nur den Baum – zumindest den Wald, und vielleicht sogar: die Welt!

Stunden um Stunden kletterte ich – ich glaube, die Zeit war mir bald kein Begriff mehr –, und obwohl ich mehr als einmal zu Tode erschöpft war, dachte ich doch nie an Umkehr.
Schließlich – es war Nacht – erreichte ich eine Stelle, wo der Baum plötzlich wieder breiter wurde. Als ich den Überhang überkletterte, traute ich meinen Augen nicht: Der Stamm bildete hier ein Plateau, als wäre er abgeschnitten worden. Nur an einer Stelle, mir gerade gegenüber, wuchs ein neuer Stamm mit neuen Ästen und Zweigen. Wundersamerweise war er genau so breit wie der erste, als ich ihn zu erklettern begonnen hatte. Doch das war noch das kleinste Wunder: Als ich den abgesägten Stamm zu meinen Füßen betrachtete, stellte ich erschrocken fest, daß ich nur auf einem schmalen Grat stand. Eine wie für Affen gebaute Leiter führte in die Tiefe. Unten mußte sich ein Dorf befinden, denn ich sah Lagerfeuer und Lichter wie von Hütten.
Zitternd vor Aufregung machte ich mich an den Abstieg. Soweit es mir möglich war, zählte ich die Sprossen. Leider kam ich damit nur bis fünfzig, denn mehr hatte man mir nicht beigebracht. Das aber wiederholte ich etwa neunundvierzigmal, und so weiß ich heute, daß ich damals wahrscheinlich 2450 Sprossen überwand. Einige Meter von mir entfernt stand ein kleines Haus, dahinter brannte ein Lagerfeuer, und ich hörte die Stimmen eines Mannes und einer Frau von der gegenüberliegenden Seite. Ich schlich mich an die Mauer heran und lauschte ein wenig.
„. . . nur den Kleinen ins Bett und singe ihm ein Lied vor. Gleich bin ich wieder da."
„Ja, gut . . . Warte, Moment – kannst du bitte noch ein paar von diesen herrlichen Feigen-Dingern mitbringen?"
„Natürlich. Heute schmecken sie dir scheinbar!"
„Ja, wirklich wunderbar! – Du, was ich dir noch sagen wollte – das wegen damals, du weißt schon . . . Ich

wollte nur sagen ... Also, tut mir leid, daß ich dich so angeschrien habe. Es war wirklich ..."
Vorsichtig lugte ich um die Ecke. Leider konnte ich von hier aus fast nichts sehen, aber immerhin erkannte ich das weiße Schulterfell eines Kapuzineraffen. Sofort dachte ich an meine Königin, und diese Vorstellung gab mir neuen Mut. Aus dem Inneren des Hauses drang jetzt ein uraltes Kinderlied. So gut es mir möglich war, ging ich ruhig auf den auf seinem Sessel sitzenden Hausherrn zu.
„Verzeihung ..."
„Was?" Der Alte fuhr aus seinem Sessel hoch. Die Pfeife fiel zu Boden.
„Ich wollte nur ...", begann ich. ... zur Königin, zu Ihrer wunderbaren, wunderschönen Königin, dachte ich. Doch er ließ mich nicht weiterreden.
„Alarm!" schrie er. „Alarm! Ein Fremder!" Ich fiel in eine Schrecksekunde. Als ich daraus erwachte, sah ich die Frau mit einem Strick auf mich zukommen. Schon öffneten sich in der Nachbarschaft die Türen und spien aufgeregt schnatternde Kapuzineraffen in die Nacht.
Ich sah meine einzige Rettung in der Flucht. So schnell ich konnte, wandte ich mich um und rannte davon. Als ich jedoch vor der Leiter stand, entschied irgendetwas in meinem Hinterkopf, daß man Leitern umlegen kann oder absägen; in panischer Verzweiflung wandte ich mich wieder um, meinen Verfolgern entgegen.
Es waren mittlerweile sicher hundert, die da angerannt kamen. Wut stand in ihren Blicken. Ich wußte nicht, was geschehen würde, wenn sie mich faßten. Doch ich konnte es mir gut denken, und das reichte für den Augenblick. Hinter mir ging die hölzerne Felswand in die Höhe, vor mir die Verfolger ... Links war kein Ausweg zu erblicken. Da entdeckte ich rechts im Holz eine dunkle Stelle, vielleicht einen Spalt. Ich schätzte kurz die Entfernung zu den Affen ab, dachte, daß ich das niemals schaffen würde, und rannte los.

Sie kamen ihrem Ziel näher, nämlich mir, und ich dem meinigen, nämlich dem Spalt. Blind vor Angst, rannte ich in das vollkommene Schwarz hinein.
Und abwärts ging's. Ich weiß nicht: Rannte ich, rollte ich, fiel ich? Ich kannte nur einen Gedanken: Weg! Hinaus!
Einige Male hörte ich Stimmen hinter mir. Affenstimmen. Es war eine Odyssee durch Angst und Dunkelheit. Dann sah ich ein Licht in der Ferne und rannte wie besessen darauf zu. Bevor ich es erreichte, glaubte ich noch, ein Stück Fell zu spüren und den erschreckten Schrei eines Kapuzineräffchens zu hören. Dann stand ich im Freien.
Doch ich blieb nicht stehen. Irgend etwas hatte von mir Besitz ergriffen; ich wußte nicht was, aber ich ahnte, daß ich mich ihm überlassen hatte, als ich begann, diesen verwünschten Baum zu besteigen. Jetzt, da ich erkannte, daß es die Königin aus meinen Fieberträumen nicht gab, trieb mich dieses Etwas durch den Dschungel. Tagelang hatte ich zu laufen, ich wußte längst nicht mehr, wo ich war, noch, woher ich kam, und sogar, als ich, von all den Strapazen der letzten Zeit ermüdet, einschlief, liefen meine Beine ohne mein Zutun weiter. Ich erwachte wieder, fühlte Schmerzen an meinem Kopf und erkannte, daß ich gegen einen Baum gelaufen war. Ich wich aus, und im nächsten Moment trugen mich meine Beine weiter.
Da bildete sich in meinem zermarterten Hirn eine Idee. So gut ich konnte, steuerte ich auf den nächsten unbeweglichen Fleck in dem diffusen Grün, das ich vor Augen hatte, zu. Mit einem heftigen Schmerz prallte ich gegen einen Felsen, der da mitten im Wald sein einsames Dasein fristete. Ich hielt mich verzweifelt daran fest, während meine Füße unter mir liefen und liefen und liefen.
Und dann geschah es: Die Schritte wurden schwächer und hörten schließlich ganz auf. Irgendwie erkletterte

ich noch den Felsbrocken und fiel dann in einen traumlosen Schlaf.
Als ich erwachte, war heller Tag. Im ersten Blinzeln gegen das Sonnenlicht war ich verwirrt: Die Bäume, die um mich waren – sie waren fremde Bäume, und das Gras ... Sogar der Geruch hatte sich geändert. Ich befand mich in einem Teil des Waldes, den ich nicht kannte.
Doch auch mich selbst erkannte ich kaum wieder. Nicht nur, daß ich in diesen letzten Tagen abgemagert war – in meinem Herzen war eine Unruhe, die ich nie vorher gekannt hatte, und ich befand mich inmitten eines Urwalds, der nur aus Fragen bestand. Warum hatte ich nicht die Königin gefunden, sondern nur eine Horde wilder Affen, als ich den großen Baum, das Heiligtum, endlich erklettert hatte? Warum hatten sie mich verjagt und behandelt wie einen Eindringling, ja einen Verbrecher? Und warum, warum nur hatte das, wofür ich nur den Ausdruck „das Böse" kannte, so viel Platz in meiner Seele, daß es mich gegen meinen Willen durch den halben Wald jagen konnte? War ich ihm ausgeliefert?
Je mehr ich darüber nachdachte, desto mehr wuchs meine Überzeugung, daß es tatsächlich so sei. Ich begann zu zittern und verbarg das Gesicht: Nie wieder wollte ich diesen Felsen verlassen, wenn ich wirklich der Zerstörung und dem Chaos angehörte. Nie wieder, wenn sogar meine eigenen Artverwandten mich verstießen, weil sie die Kälte spürten, die von mir ausgehen mußte. Nie wieder. Da begann ich leise zu weinen.
Irgendwann, ich glaube, es war einige Stunden später, hörte ich plötzlich jemand meinen Namen rufen. Erstaunt hob ich den Kopf. Zwei Meter vor meinem Felsen stand eine Kuh und blickte mich aus großen Augen an. Einen Moment überlegte ich, ob ich davonlaufen sollte, bedachte aber dann, daß ich ja vor gar nicht so langer Zeit gelobt hatte, auf ewig hier sitzen zu bleiben.

„Hallo“, sagte ich leise.
„Grüß’ dich“, gab die Kuh zurück. Dann versanken wir wieder in unser Schweigen. Während ich sie anstarrte, begann die Kuh gemütlich zu grasen. Nach einer Weile richtete sie sich auf, schluckte gemächlich und sagte: „Übrigens, ich heiß’ Ilse.“
Dann wandte sie sich um und begann langsam wegzutrotten.
„Halt, warte doch!“ rief ich ihr nach. „Wohin gehst du denn?“
„Besseres Gras suchen. Hier ist es nicht so gut, weißt du.“
„Aber – aber . . .“
„Du kannst natürlich gerne mitkommen. Wenn du willst, trag’ ich dich auch.“
„Nein, das geht nicht! Ich mein’, ich muß – ich bin . . .“
„Ganz wie du willst. An deiner Stelle würde ich zwar nicht den Rest meines Lebens da oben bleiben. Aber wenn’s dir Spaß macht!“
„Aber ich bin doch . . . Ich bin doch besessen!“
Sie begann laut zu lachen.
„Also . . . Also lustig find’ ich das nicht!“
Wieder ging sie einige Schritte.
„Wann kommst du denn wieder?“
Sie dachte angestrengt nach. „Nun . . . Vielleicht – irgendwann so gegen Abend. Also bis dann!“ Damit verschwand sie endgültig und ließ mich grollend allein. Endlich jemand, mit dem ich reden konnte – und der verschwand dann spurlos und ließ mich warten. Natürlich konnte ich ihr nachlaufen; jeder Affe konnte das. Aber ich hatte ja gelobt! Schließlich durfte man doch nicht so ohne weiteres einen Schwur brechen!
Aber hatte sie wirklich einfach gehen müssen, nur weil woanders das Gras besser war? Ich fand das gemein – mich einfach so hier sitzen zu lassen!
So schmollte ich eine Weile vor mich hin. Gegen Mittag machte sich mein Magen bemerkbar, und mir fiel auf,

daß ich schon viel zu lange nichts gegessen hatte. Da wurde mir plötzlich klar, daß ich, wenn ich wirklich auf meinem Felsen bleiben wollte, wohl verhungern mußte. Daran hatte ich ja bis jetzt noch gar nicht gedacht!
Unweit meines Felsens wuchsen geradezu herrliche Bananen in ganz erstaunlich großer Zahl. Sollte ich vielleicht doch dem Rat der Kuh folgen? Aber wenn meine Beine dann wieder zu laufen begannen . . .? Nein, wirklich: Ich konnte es nicht riskieren! Also blieb ich sitzen. Die Sonne brannte, Schatten gab es auf meinem Felsen dummerweise keinen, mein Magen knurrte, und dort drüben gab es Bananen und Schatten, soviel ich nur wollte. Unbeabsichtigt glitt mein Fuß langsam dem Erdboden zu. Wenn er wieder verrückt spielte, würde ich ihn sofort zurückziehen. Außerdem wollte ich nur eine oder zwei Bananen essen, ein kleines bißchen den Schatten genießen – dann würde ich sofort zurückkehren, ganz bestimmt!
Vorsichtig berührte ich den Boden. Nichts geschah. Ich trat fester auf – noch immer keine Spur einer außergewöhnlichen Reaktion. Da sprang ich vom Felsen und lief, nein, rannte zu den Bananen. Ich badete förmlich darin, aß, soviel ich nur konnte. Dann begann ich nach der Quelle zu suchen, deren Wasser ich in der Nähe plätschern hörte. Alle Angst war vergessen, es gab nichts mehr, das mich bedrohte. Ich fühlte mich grenzenlos frei und leicht. Voller Freude kletterte ich auf Bäume, schwang mich wie verrückt auf Lianen hin und her und schrie mein Glück in den Wald.
Doch ich wußte immer noch nicht, welchen Weg ich gehen sollte. Schließlich wollte ich ja heimkommen. Vielleicht konnte mir da Ilse weiterhelfen! Ich beschloß, bei Anbruch der Dunkelheit wieder zu meinem Felsen zurückzukehren.
Viel zu spät bemerkte ich, daß die Sonne sank. Ich raste zu dem Felsen – Ilse war natürlich schon da. Schläfrig kauend, blickte sie mir entgegen.

„Wie ich sehe, hast du dir's anders überlegt?" sagte sie freundlich. „Daß du trotzdem noch kommst, finde ich . . ." Sie suchte nach einem guten Ausdruck. „. . . toll", sagte sie dann.
„Ja, ich . . . Weißt du, die Bananen . . ."
„Ach so, die Bananen. Und ich habe schon überlegt, ob ich dir was mitbringen soll. Aber nachdem dir Gras wahrscheinlich nicht schmeckt . . ."
Ich schüttelte heftig den Kopf.
„Besessen bist du wohl nicht mehr?" Sie lächelte. Ihre Augen strahlten vor Freude.
„Du, sag' einmal . . .", begann ich zögernd. „Weißt du den Weg . . .?"
„Wenn du mich so fragst . . ." Sie gluckste vergnügt. „Ich glaube schon."
Ich sah sie fragend an. Plötzlich klingelte es. „Wie kommt eine Kuh eigentlich in den Dschungel?"
„Hast du nicht nach dem Weg gefragt?"
„Ja, das hab' ich. Was hat das jetzt damit zu tun?"
„Mehr als du denkst. Ich komme von weit, weit weg. Von hinter dem Meer."
„Und wie bist du da drübergekommen?"
„Nun ja, ich bin . . . gegangen."
„Gegangen?" Jetzt lachte ich. „Red keinen Unsinn!"
„Laß mich nur erzählen. Kennst du die Menschen?"
„Ich war zumindest einmal einer."
„Nun, dann kennst du doch auch sicher den Menschen. Den, den sie aus der Stadt vertrieben haben. Ist schon eine Zeit her. Sie haben ihn getötet, weil sie Angst vor ihm hatten. Genau der hat mir gesagt, ich soll hierherkommen. Also bin ich gegangen. So einfach ist das."
„So einfach . . . Was ich noch nicht ganz verstehe: Wozu solltest du hierherkommen?"
„Ich weiß nicht. Vielleicht nur, um dich zu treffen."
Wieder schwiegen wir eine Weile. Dann sagte ich: „Und wie komme ich jetzt heim?"
„Heim?" Sie sah mich groß an. „Willst du wirklich

wieder auf Bäume klettern und Königinnen suchen, die es gar nicht gibt?"
Ich erschrak. „Woher weißt du . . .?"
Die Antwort kam prompt: „Von ihm, woher sonst? Wenn du wirklich zurück willst, gehst du einfach geradeaus nach Norden. Dann kommst du ganz sicher zu deiner Königin. Und sonst . . . Frag ihn!"
Damit ging sie wieder einmal. „Vielleicht sehen wir uns ja irgendwann wieder!" rief sie mir noch aus einiger Entfernung zu.
„Ja, vielleicht!" Dann war sie verschwunden.
Ich begann in die Richtung zu gehen, die sie mir gewiesen hatte. Ich wußte nicht, wohin ich sonst gehen sollte. Aber schon bald – es war eine mondhelle Nacht, und ich fand wieder einmal keinen Schlaf – sprach ich mein erstes schüchternes Gebet. Es bestand nur aus einem einzigen Wort: „Wohin?"
Am nächsten Morgen kehrte ich um. Jetzt sitze ich hier und schreibe. So einfach ist das.

Ungleich-Schritte

Kompanien
im Gleichschritt
brennen Dörfer,
brechen Brücken,
sind zu allem fähig.

Ich
kann mich nicht entschließen,
den Marsch der Tausend
mitzutun.
Ich erforsche die Welt
auf meine Weise
und im Rhythmus meiner
Ungleich-Schritte.

Mag sein, ich bin
manchmal
etwas langsam.
Aber meine Brücke
bricht nicht!

Eigenschaften

Zuvorkommend . . . so wär' ich gerne.
Hilfsbereit . . . bin ich nie gewesen.
Höflich war ich auch noch nie.
Vernünftig . . . will ich niemals sein.
Was bleibt also?
Vielleicht . . .
bin ich doch liebens-würdig.

Schotterbild

Gefühle
begraben
in der Schottergrube des Seins,
verlernt
in der Schule des Lebens.
Suchen:
Nachgraben
bis tief
ins eigene Ich.
Manchmal tut das weh.
Aber ich suche weiter.

Notwendigkeit

Den Kopf verloren,
das Herz versteinert –
ein weiterer Stein
in der Wüste
der Verzweiflung.

Die Sonne
nicht mehr
sanftes Himmelslicht,
sondern
glühendheißes Höllenfeuer.

Ich selbst:
verdurstet,
verloren,
verdorrt.

Und jetzt erst
fähig,
in den Sand zu
schreiben.

Dubito!

Manchmal
träume ich
von einer
Welt ohne Zweifel:
Richtig ist richtig,
und falsch
ist falsch.

EIN König ist Herrscher,
und ich bin sein Diener,
und manchmal auch
Gegner,
Prophet
oder Narr.

Im Erwachen
wird das Weiße schwarz,
und das Schwarze
gewinnt Farbe.

Langsam
wird der Schmerz zur Gewohnheit,
und ich erkenne:
Ohne Zweifel kein Leben!

Bruchstücke

Scherben
Glitzern
In der Sonne.
Glasteller
Zerbrach.

Glasteller . . .
Schrifts-teller?

Die Lehre

Langsame Musik,
Ein kleines Zimmer
Und eine letzte Zigarette im Bett:
Junge Dichter
Müssen Erfahrungen sammeln.
Vielleicht
Werden sie's nie lernen,
Mit ihren Gefühlen umzugehen.

Aber Gott soll mich behüten,
Wenn es mir gelingt,
Sie unter Kontrolle zu bringen.

Lobpreis der Traurigkeit

Wasser des Lebens,
du Wasser meiner Tränen!
In Strömen fließend,
kannst du den
Stein meines Herzens
erweichen.

In der Tiefe
von Kalk und Granit
erahn' ich deine Quelle.

Ich will den Fels erklimmen
und dich suchen:
Ich will dich finden
und dir einen Namen geben.

Wasser des Lebens,
du Wasser meiner Tränen!
Such dir dein Bett,
grab heimlich den Kanal,
durchbohr den Fels!
Hast du dein Werk vollendet,
laß mich sehen:
Vielleicht
ist auf der andern Seite
Tag . . .

Liebeserklärung

Ich liebe dich,
Bruder Baum –
ich liebe die Quelle,
die dir das Leben gibt
und die Vögel,
die du
in deinen Ästen birgst.

Und dennoch
vergifte ich die Luft,
die du atmest,
verschwende dein Wasser
zu meinem Vergnügen,
nehme dir
den Platz zum Leben
für Schipisten
und Autobahnen.
Ich verurteile dich
tausendfach
zum Tode.

Aber das Schlimmste ist:
Ich weiß noch nicht einmal
warum.

. . . doch die Wahrheit woll'n wir nicht

Ich weiß, daß jene jetzt nicht hören wollen,
Die einst zum Schweigen mich gebracht.
Ich sing', und wenn sie mir den Text gestohlen –
Ich schrei's in ihre Ohren heute nacht!

Refrain: Und wenn wir auch reden von großen Betrügen
Und stellen unsre Freunde vors Gericht:
Wir schlucken jede Art von Lügen,
Doch die Wahrheit woll'n wir nicht!

Ihr, die ihr seelisch mich geschändet,
Die ihr gebrochen über mich den Stab
Für eure Gunst hab' ich mein Heil verpfändet
Ich fürcht', mein Schweigen bringt mich noch ins Grab!

Ich hab' geschwiegen, als ihr straft' die Freunde –
Hab' nichts gesagt auf euer Allmachtswort –
Ihr konntet nicht verstehen, daß ich träumte
Von einem nicht so wahrheitsscheuen Ort:

Refrain: Und wenn wir auch reden von großen Betrügen
Und stellen unsre Freunde vors Gericht:
Wir schlucken jede Art von Lügen,
Doch die Wahrheit woll'n wir nicht!

Und wenn die Zeitung morgen von Verbrechern schreibt,
Verurteilt, die kein Richter je geseh'n,
Wenn nicht ein Körnchen von der Wahrheit übrigbleibt,
Die Stimmen der Gerechten untergeh'n,

Und wenn sie schreiben: Der da ist ein Schwuler,
Und dieser hat mit jener letzte Nacht,
Und wenn es heißt: Der Mörder war Abdullah!
So fügen wir uns feige ihrer Macht.

Refrain: Und wenn wir auch reden von großen Betrügen
Und stellen unsre Freunde vors Gericht:
Wir schlucken jede Art von Lügen,
Doch die Wahrheit woll'n wir nicht!

Drum, Freunde, macht doch all dem jetzt ein Ende,
Geht doch nicht mit dem Strom der Zeit!
Die Welt braucht nichts als liebe, zarte Hände
Und noch ein bißchen Ehrlichkeit.

Gegensätze

Das Männliche und das Weibliche
oder die Stärke und die Schwäche
oder der Sieger und der Verlierer . . .

Der Streit wird nie ein Ende finden.

Aber erst wenn
Mann und Frau sich vereinen,
kann etwas Neues entstehen.

Einkäufe

Wir kaufen einen Apfel.
Wenn er uns zu klein ist,
Werfen wir ihn weg.

Wir kaufen uns einen Hund.
Wenn er uns zu groß wird,
Landet er auf der Autobahn.

Wir kaufen uns einen Menschen . . .

Sorgenkinder

Kümmert euch nicht um die Tiere,
die
elend
in Labors verenden!
Haben nicht
wir Menschen
schon Sorgen genug?

Kümmert euch nicht
um die Menschen
irgendwo
in Südafrika,
Rumänien
oder Südamerika!
Haben wir nicht im eigenen Land
Probleme genug?

Was kümmern wir uns
um Sandler,
Süchtige
und Arbeitslose?
Sind nicht die eigenen vier Wände
das Wichtigste
in unserem Leben?

> . . . ich weiß nicht,
> was ich sagen soll;
> doch ich habe gehört,
> es ist nicht sehr appetitlich,
> den Kopf zu vergraben
> in blutigem Sand.

Tempelhüpfen

Erwachsene
Spielen
Mit Gedanken:
Sie erfinden
Eine neue Waffe,
Die die Welt
Mit einem Schlag vernichten
kann.

Erwachsene spielen mit Worten:
Mit großen Reden
Wird das Volk
Zum Krieg mobilisiert.

Erwachsene spielen mit Taten:
Die Bombe fällt.
Und dann . . .

In irgendeinem
Kleinen Winkel
Liegen die Leichen dreier Kinder –
Sie werden
Nie wieder
Tempelhüpfen.

Alle reden vom Frieden

Alle reden vom Frieden –
Unser Heer schützt ihn.

Alle reden vom Frieden –
Soldaten
Rennen in den Tod.

Psst!
So redet doch nicht ständig
Vom Frieden!
Die Toten
Brauchen ihre Ruhe . . .

Kein Grund

Zweitausend Jahre
sind ins Land gegangen.
Die Frau schweige
in der Kirche,
und zur Änderung kein Grund!

Oder doch?

Öffnen wir die Augen
und beginnen zu sehen:
Magdalena,
Teresa
und
Dich!

Das fehlende Wissen

Wenn wir wüßten
was Liebe ist –
vielleicht könnten wir
sie dann
analysieren
filtrieren
und in Pillen
verabreichen.

Wenn wir wüßten
was Liebe ist,
könnten wir vielleicht
den Haß besiegen
und Freunde
werden.

Wenn wir wüßten
was Liebe ist –
wir würden sicher
den Weg finden,
sie als Waffe
zu mißbrauchen.

Unterschiede

Die vielen
bestrafen.
Der Einzelne
mordet.

Der Staat
setzt Maßnahmen.
Das Volk
rottet sich zur Revolution.

Erwachsene
gebrauchen Autorität.
Kinder
werden plötzlich frech.

Wir brauchen wohl
Unterschiede.
Die Gleichheit
ist schon
auf dem Papier
zu gefährlich.

Selber schuld

Wie leicht
Zu sagen,
Wenn der Sandler
Die Kälte des Winters beklagt:
„Selber schuld!"

Wie leicht
Zu verweigern,
Wenn die Hure
Nicht mehr Hure sein will,
Sondern Frau:
„Selber schuld!"

Aber Jesus ist gestorben,
Weil Er niemals zu uns sagen wollte:
„Selber schuld!"

Als die Nacht hereinbrach

Sie kamen
Mit Schilden, Pistolen
Und Knüppeln.
Sie waren die Hüter der Ordnung.

Sie kamen
Mit Masken, Schlagringen
Und Messern.
Sie war'n die Verfechter des Chaos.

Sie standen einander gegenüber.
Die Demo begann.
Als die Nacht hereinbrach,
Konnt' ich sie nicht mehr unterscheiden.

Im Autobus

Eine halbe Stunde
Allein
Unter Fremden.
Eine halbe Stunde
Vorbei an Menschen
Zum Fenster hinaus.

Welch ein Wunder,
Daß wir nicht alle
An Genickstarre leiden!

Euro-Packs

Ein Apfel
ist eine Kugel
von definiertem Radius
und gelber Farbe.

Eine Kuh
besteht aus Fleisch,
das man
gewinnbringend
verkaufen kann.

Ein Mensch
hat zwei Beine
und ist tauglich
für den Fortschritt,
der im Gleichschritt
über ihn
hinweggaloppiert.

Sollen wir wirklich
warten,
bis die Äpfel
zu schreien beginnen?

Der Denker

Sitzen
im eigenen Oberstübchen,
nach-denken
über den Gang der Welt
bei geschlossenen Fenstern.
Nach Tagen
hinausgehen
und entdecken,
daß sie sich dreht.

Mit unseren Teleskopen

Mit unseren
Teleskopen
Sind wir
Immer weiter
In den Raum vorgestoßen.
Elektronenmikroskope
Haben für uns
Die Welt der Quarks und
Positronen
Erschlossen.
Und das Ergebnis?
Wir kennen Alpha Centauri,
Aber das Alpha und das Omega
kennen wir nicht.

Gegen alles ein Kraut

Sie führen dich durch
weiße Gänge,
du liegst
in deinem Bett –
der Arzt fragt
nach dem Namen,
und du weißt ihn nicht.
Ein Zettel
wird dir auf die Stirn geklebt,
„UNHEILBARER FALL“,
dann führen sie dich weiter,
und Gott weiß wohin.
Gegen alles
ist ein Kraut gewachsen –
nur nicht
gegen den Menschen.

Vision

Wenn einmal Ampullen
unsere Kinder zeugen,
werden wir viel mehr davon haben:
mehr rechtschaffene Richter
und kriminelle Subjekte,
mehr allwissende Lehrer
und hörige Schüler,
mehr intellektuelle Genies
und stumpfsinnige Hilfsarbeiter,
mehr starke Machos
und hübsche Blondinen,
mehr ausgeflippte Hippies
und alternde Opernbesucher.

Ja: viel mehr von all dem.
Aber keine Menschen mehr.

Verblendung

„Heutzutage
sind Wunder
nicht mehr nötig."

$Mg4(C_42CH_3CH_2N)COC$...

Die Ampullen.
Die Kolben.
Einen Computer
selbstverständlich.

Und jetzt
mach mir ein Blatt,
das lebt!

Rettung

Wettlauf gegen die Zeit:
Die Luft
aus den Lungen gepreßt,
keine Kraft mehr
in den Muskeln;
die Stoppuhr läuft erbarmungslos –
und das Ziel ist noch
so weit
entfernt . . .

Und dann kommt Jesus.
Er beruhigt meine Schritte,
nimmt mich an der Hand,
ebnet den Weg und
stellt die Stoppuhr ab.

Kein Wettlauf gegen die Zeit:
weil die Zeit jetzt
auf meiner Seite ist.
Unendlich
stellt sie sich
mir zur Verfügung.
Da bleib' ich stehen
und beginne zu leben.

Leben

Nach dem Weinen
das Lachen,
nach dem Winter
der Sommer,
nach der Trauer
sich bergen
in Gottes schützender Hand –
DAS
nenn' ich
LEBEN!

Verneinungen

Gott ist nicht
rachsüchtig,
grausam
und streng.

Und

Liebe ist nicht
Penis,
Scheide
und Präservativ.

Ja, ja:
Gott und die Liebe . . .
Wir werden noch viel
zu lernen haben.

Gebet

Was anderes sagen als
  HALLELUJA,
Wenn Tränen schon die Augen füllen
Und ich trotzdem Zeit finde
Zu einem Lächeln;

Was anderes beten als
  HALLELUJA,
Wenn das Tor ins Schloß fällt und
Ihr glaubt, mich zu haben –
Und am Morgen
Die leere Zelle
Finden müßt;

Wie anders leben als
  HALLELUJA,
Wenn überall
Und jederzeit
Der Retter wartet –

  HALLELUJA!

Das Große Spiel

Das Große Spiel:
Das Spiel der Worte ohne Taten
Hohles Gerede
Und das Versprechen
ist im Handschlag schon
gebrochen –
Doch fern am Horizont – seht her! –
Geht schon die Sonne auf.
Ein Regenbogen, der verbindet
Und wir werden seh'n . . .

Schwarz ist die Nacht

Schwarz
ist die Nacht.
Katzenjammer
aus allen Höhlen,
hungrige Panther
wetzen sich die Krallen.

Schwarz
ist die Nacht,
und dunkel
der Tod.
Doch heller
als der Tag
der hoffnungs-volle
Davids-Stern
zu Betlehem.

Staunen

Die unglaubliche
Sinnlosigkeit
mancher Momente,
die Kälte der Angst
und die Hitze einer
herzklopfenden
Nervosität.
    Und dann einfach hingehen
    und staunen
    über die Sinnhaftigkeit,
    den Trost
    und die Ruhe
in DEINEM Kreuz.

Teile des Ganzen

Einer glaubt, er liebt die Menschen –
aber etwas fehlt.

Einer glaubt, er liebt Gott –
und wird dennoch nicht glücklich.

Die beiden
sollten einander kennenlernen.
Vielleicht
würden sie gemeinsam
den Weg finden.

Anleitung

Wenn du ein Christ
sein willst,
dann bring keinen um,
stiehl kein Geld
und tu so
als wüßtest du nicht,
was Mädchen sind.
Verleugne deinen Körper,
dein Herz, deinen Geist:
        Denn Fleisch ist schändlich,
        Gefühle sind wankelhaft
        und Gedanken vom Teufel gegeben.

Vor allem aber,
wenn du wirklich
ein Christ sein willst:
Lies ja keinen
Hermann Hesse!

Schritte auf einem Weg

Verleugne deinen Körper,
verleugne dein Gefühl,
verleugne deine Traurigkeit.
Das ist der erste Schritt.

Verleugne den Verstand,
und es wird
der zweite sein.

Verleugne dich selbst!
Das
ist der letzte Schritt
weg von den Menschen,
weg von dir selbst
und weg von Gott.

Ein Wort

Er kam
Mit all seinen
Sorgen,
Ängsten
und Problemen.
Er hörte nur
Ein Wort
Von Ihm.

Da tanzte er
Mit seinem Rollstuhl
Nach Haus.

Ohne Titel

Brüchige Worte
aus dem kahlen Mund
des urjungen Menschen.
          Nicht gemeint.
          Nicht gefühlt.
          Nur gedacht.
Worte aus MEINEM Mund.
Doch der Ewige
nimmt sie noch immer
für bare Münze.

Ungleichgewicht

Tausende Versprechungen,
Versicherungen,
Vorsätze.

Und auf der anderen Seite:
Angst,
Hilflosigkeit
und Unvertrauen.

Danke,
Herr,
Daß Du mir so vertraust,
Wie ich Dir
Eigentlich
Vertrauen sollte!

An unserem Weg

An unserem Weg
Stand
Ein Blinder.
Da gaben wir ihm zu essen.

An unserem Weg stand
Ein Hungernder.
Wir nahmen ihm die Brille ab.

An unserem Weg stand
Jesus.
Da sahen wir weg
Und gingen weiter.

Zwischen Wolken

Seht
die Vögel des Himmels . . .

Himmels-stürmer
liegen
hilflos
am Boden gefesselt.
All ihr Stürmen
begraben
im Himmel
zwischen Wolken

Seht
auf die Blumen im Feld!

Warten

Ich warte
auf Jesus,
auf Reife,
auf ein Mädchen,
auf bessere Zeiten,
auf die Fähigkeit zur Liebe,
auf ein „Dankeschön“,
ein „Ich verzeihe Dir“
und ein „Ich brauche Dich!“
Vielleicht
Sollte ich doch einmal anfangen,
Danach zu suchen.

Glauben

Glauben heißt
Nicht wissen:
Nicht wissen,
Wohin
Gott mich führt.

Glauben heißt
Wissen:
Wissen,
Daß auf seinem Weg
Das Leben ist.

Der Wille zum Weg

Du hast mich gefragt,
was ich tue.
Da wurde mir klar:
Es war falsch.
Aber
ich wollte doch nur . . .

Du hast mich gefragt,
wo ich bleibe.
Da wurde mir klar:
Ich war auf dem falschen Weg.
Aber
ich wollte doch nur . . .

Jetzt sagst du,
ich soll mit dir gehen.
Da wird mir klar:
ICH WILL.

Für die Prüfung

Die Worte der Menschen lesen
Statt der Worte Gottes;
Das Buch des Unglücks
Statt des Buchs allen Glücks;
Die Geschichte der Kriege
Statt der Geschichte des Friedens –

Ob Er es so will?

Sprachverlust

Fasziniert
Statt Verliebt;
Fanatisch
Statt Begeistert;
Und irgendwann:
Tot
Statt Jetzt erst lebendig.

Die Sprache der Liebe
Ging uns verloren.
Wir sprechen
Die Sprache der Welt.

Vater

Himmlischer Vater, der du mir
die Hand gegeben hast –
deine Botschaft
will ich niederschreiben,
beim Aufbau deines Reiches helfen
und deinen Willen tun
in Freude wie
im Leid.
Gib mir heute ein Stückchen Liebe,
und vergiß meine
großspurigen Reden,
damit auch ich
die Welt ein bißchen
leichter
nehmen kann.
Und führe meine Schritte,
wie es dir gefällt,
damit ich dir, mein Gott,
immer näher komme.

Denn du bist groß
und stark
und schön,
seit jeher
und für immer.
Amen!

Das Zeitproblem

Ich liege
vor der Zeit
auf den Knien.
Minuten
dehnen sich unendlich:
Du bist nicht bei mir.

Ich liege
vor der Zeit
auf den Knien.
Doch unsre kleine Ewigkeit
zerschmilzt
unter der Sommersonne.

Ich wünschte,
Gott
hätte die Zeit nicht erschaffen.

Verwandlung

Ich bin nur
ein Gesicht in der Menge,
eine Gestalt, unsichtbar im Nebel der Gleichheit;
bin nur einer unter vielen.
Doch wenn Du bei mir bist
bin ich einmalig.

Sehnsucht

Das Herz –
nicht hier.
Der Kopf –
woanders.
Alle Gedanken
in einer Richtung
auf und davon.

Ich bin ja gar nicht
wo ich bin.

Aber eben
auch
nicht bei Dir!

Warum du es noch nicht weißt

Ja – ich sollte es endlich sagen.
Es ist so
Schwer . . .
Jetzt sag' doch –!
Die Angst siegt.
Vielleicht beim nächsten Mal.
Vielleicht auch . . . NIE?
    Nein, nein, ich werd' schon,
    Irgendwann,
    Nur
    Nicht jetzt, nicht hier –
    Das ist nicht der richtige
    Zeitpunkt . . .

Gewissen
Drückt.
Ungeduld
Wird langsam wach.
Ich weiß: Ich sollte es endlich sagen . . .

Dennoch warte ich
Und schweige.
Bis
Es zu spät ist.

Maskerade

Ein Clown,
Ein König,
Ein Ritter,
Ein Geliebter . . .

Sieh nur:
Die Pracht
All ihrer Masken.
Ich möchte werden
Wie einer von ihnen.

Aber
Wirst Du mich dann
Noch erkennen?

Die Ur-Sache

Zwei Menschen
saßen in ihren Höhlen.
Der eine war blind
und der andere stumm.
Sie trafen einander,
und der Stumme
umarmte den Blinden.
Da
nahm der Blinde seine Keule
und rannte davon.
Zwei Menschen
sitzen noch heute
in ihren Höhlen.

Für Karin

Licht
Bricht durch Wolken:
Mond
Wird zum Wegweis-Gestirn.
Still weist er zur Sonne:
Sie
Schenkt ihm Kraft.

Ich denke an Dich,
Und mir wird warm ums Herz.

Ist es möglich,
Daß das Mondlicht
Mich wärmt?

Der Wunsch

Die unmenschliche Menschlichkeit,
die Kälte an einem Sommermorgen –
die Freude aus den Augen gepreßt wie
der Saft aus
chinesischen Orangen.
Kein Stückchen von der Maske
hält,
um all den Schmerz zu verstecken
hinter einem Lächeln.

Dann möcht' ich
dir begegnen,
dir in die Arme fallen
und dich bitten:
HALT MICH!

Lareena

Die Ancerons

Sie tänzelten durch die Gärten, vollführten aufgeregte Luftsprünge im Licht einer ewig mittäglichen Sonne, flochten Kränze aus den Frühlingsblumen, die hier zu jeder Zeit blühten: flochten sie füreinander, nur vier Menschen, die sich immer neue Spiele ausdachten . . .
Ihr Volk war schon immer fröhlich gewesen. Doch in letzter Zeit schlich sich häufig Traurigkeit in ihre fein geschnittenen Gesichter, und dann verdunkelte sich die Mittagssonne, Wolken zogen auf . . . Doch selbst wenn die vier Bewohner dieser seltsamen Welt zu weinen begannen, regnete es nicht.
Sie hatten sich schon oft gefragt, wozu sie eigentlich lebten, und doch nie eine Antwort gefunden. Sie waren die letzten Überlebenden der Großen Katastrophe, die letzten von diesem einst so mächtigen Volk. Ja, einst waren sie mächtig gewesen, sehr mächtig, und manchmal setzten sie sich in den Schatten eines der Bäume, die sie gepflanzt hatten, und erzählten einander von diesen alten Zeiten. Es waren Zeiten gewesen, in denen die großen Herrscher ihr Volk um Hilfe gebeten hatten: Zeiten, in denen diese Gärten von Tausenden von Menschen bewohnt wurden – glücklichen Menschen.
Doch die Mächtigen hatten gelernt, ohne die Hilfe der Ancerons auszukommen, und mit dem Verschwinden dieses Lebensinhalts war das große Volk langsam ausgestorben. Was sie hinterlassen hatten, war nur dieses Höhlensystem, diese unterirdische Welt mit ihrer immer scheinenden Sonne, mit Pflanzen und Tieren – doch selbst sie spürten den Wandel und verließen die einsamen Gewölbe . . .
Die Welt der Ancerons.
Die letzten Überlebenden hatten keine Aufgabe. Also

vertrieben sie sich ihre Zeit mit all den Spielen, die sie bereits kannten oder neu erfanden. Sie spielten, weil sie wußten, daß sie bald sterben würden. Denn ohne eine Aufgabe kann ein Anceron nicht sehr lange leben.
Und dann kam jener besondere Tag, an dem Vicky sie aufgeregt weckte und sagte, sie hätte etwas ganz Besonderes gesehen. Sie führte sie zu dem Eingang zu ihrer Höhlenwelt – gemeinsam öffneten sie das Tor, denn jeder wollte die Neuheit als erster sehen . . .
Auf dem kalten Fels lag ein schlafender Mann.

Der Bote sah in die vom Regen durchschnittene Dunkelheit hinein. Es regnete schon seit Tagen, und die eisige Kälte sog langsam die letzte Kraft aus seinen Muskeln.
Vor drei Wochen hatte er das Kara-Gebirge erreicht, und seit damals war er keinem lebenden Wesen begegnet. So gern er auch einfach aufgegeben hätte, zwang er sich doch weiter durch die Dunkelheit, und bisher hatte sein Wille es ja auch geschafft, ihn einen Schritt nach dem anderen tun zu lassen.
Wie lange war er schon unterwegs? Er wagte es kaum, sich diese Frage zu stellen. Zu lange jedenfalls, und vielleicht war Erkin, sein Herr, schon tot. Dann wäre alles vergeblich und seine Mission bereits gescheitert. Doch er durfte sich nicht solchen Gedanken hingeben! Es war nur wichtig, daß er nicht aufgab!
Doch er fühlte, daß seine letzte Kraft bereits zu Ende ging. Links von sich sah er in der steilen Felswand eine kleine Öffnung. Dahinter schien eine Höhle zu liegen, windgeschützt, und wenn auch nicht warm, so doch . . . Hier wollte er sich wenigstens für diese Nacht niederlegen, morgen konnte er ja weitergehen, vielleicht würde es bis dahin auch nicht mehr regnen – und falls es seine letzte Nacht sein würde, war es eben sein Schicksal, hier zu sterben. Völlig erschöpft stolperte er in die Höhle und schlief sofort ein.

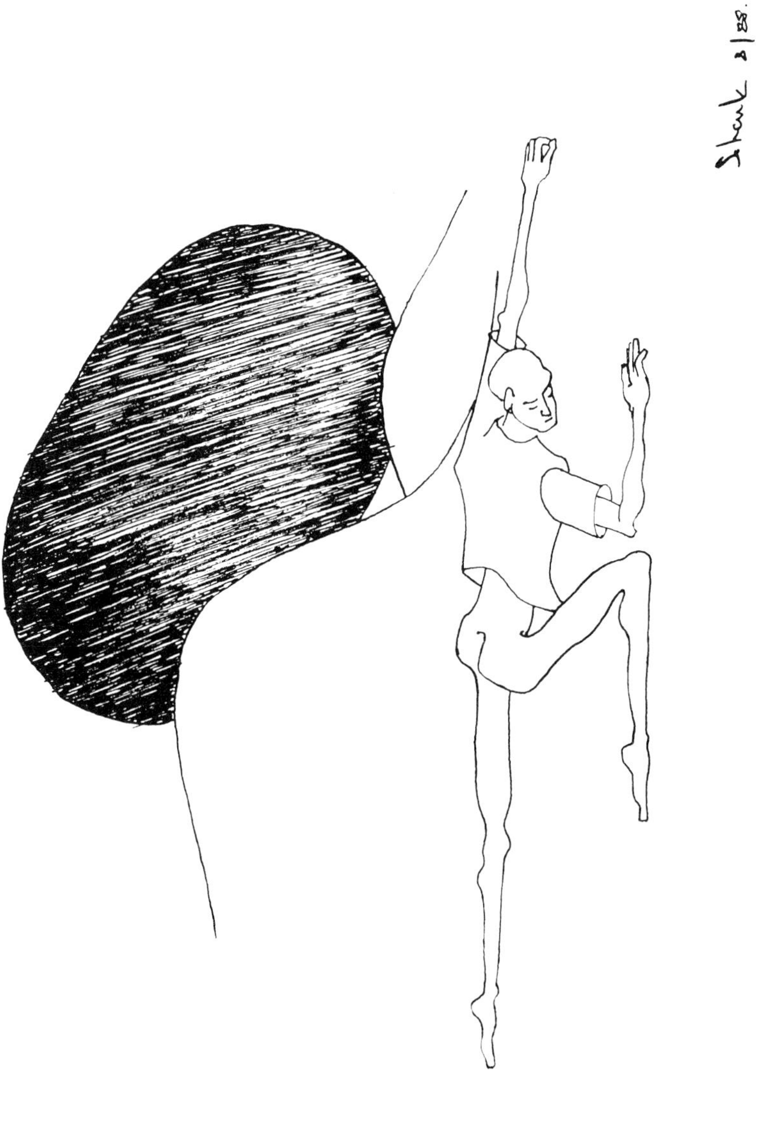

Sie hatten den Fremden in einen ihrer Schlafräume transportiert und auf seine glühende Stirn ein Tuch mit einer heilenden Kräuteressenz gelegt. Die vier Ancerons standen um sein Bett und dachten nach, in Gedanken versunken.

Endlich brach Vicky das Schweigen. Leise sagte sie: „Nehmen wir an, er ist wirklich ein Bote – woher auch immer. Habt ihr euch schon überlegt, daß wir eigentlich keine Ahnung haben, wie die Welt da draußen aussieht?"

„Ich halte das – ehrlich gesagt – für kein so großes Problem", sagte Inkrin. „Wir kennen schließlich alle die Geheimnisse unseres Volkes – wir wissen, daß wir immer gelenkt werden. Zwar konnte noch niemand erforschen, wovon – aber ich mache mir da keine großen Sorgen!"

Gundall stimmte ihm zu: „Ich glaube, sich Sorgen zu machen, ist jetzt überhaupt sinnlos. Wir werden sehen, ob er ein Bote ist. Und dann werden wir auch sehen, wie die Welt da draußen ist."

„Das einzige Problem könnte sein . . .", warf Snargle ein. „Wißt ihr, wie wir hier herauskommen? Ich meine, wir können doch kaum durch das Gebirge wandern wie er!" Er deutete auf den Fremden.

„Auch das ist kein Problem", sagte Vicky. „Es gibt noch einen zweiten Ausgang, und ich weiß auch wo . . . Von dort kommen wir direkt in die Große Ebene."

Snargle wollte eine erstaunte Antwort geben, aber in dem Moment hörten sie, daß der Fremde zu sprechen versuchte. Snargle beugte sich über ihn – die anderen kamen so nahe wie möglich an das Bett heran.

Man konnte dem Mann die Mühe ansehen, die ihm das Sprechen machte. Schließlich öffnete er sogar die Augen, und auch wenn sie in die Unendlichkeit zu starren schienen, mußte er doch genug gesehen haben, denn er zog Snargle zu sich herab und flüsterte ihm etwas ins Ohr. Es waren nur ein, zwei Worte, doch es

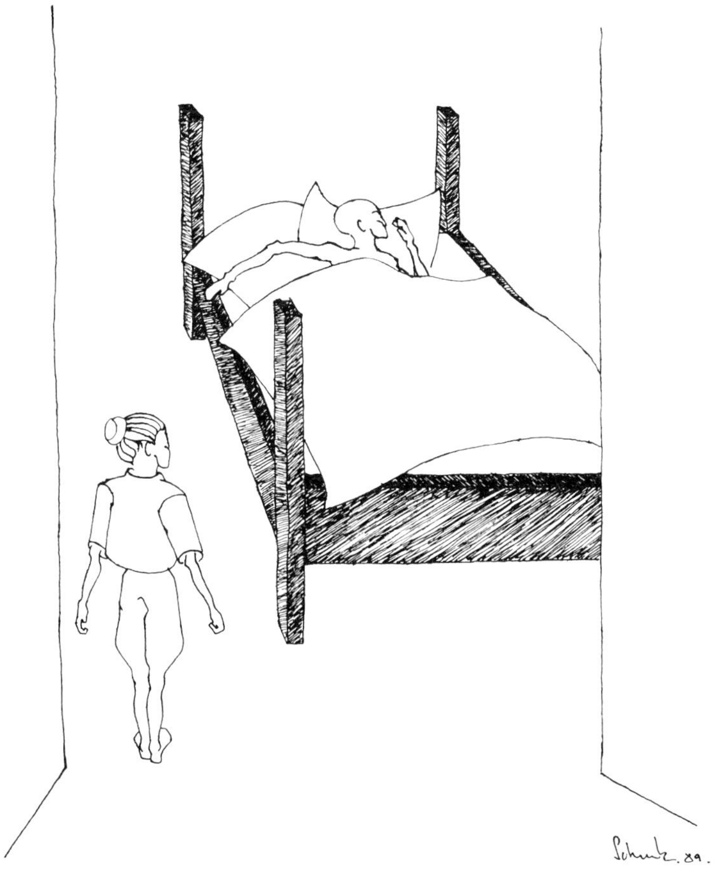

dauerte nahezu zwei Minuten, bis Snargle ihn verstanden hatte. Dann fiel der Fremde wieder in die Kissen zurück – anscheinend erleichtert.
Snargle ging zu dem Tisch, auf den sie die Kleidung des Fremden gelegt hatten, und zog aus seiner Jacke etwas, das wie ein Brief aussah.
Dann rief er die anderen aus dem Raum heraus, und als die Tür geschlossen war, begannen sie das Papier zu lesen. Die Botschaft war nicht lang, doch begriffen sie sofort, wie bedeutsam sie war.
„Freunde von Anceron, Ihr mächtigen Wesen, die Ihr Euch in die Einsamkeit der Kara-Berge zurückgezogen habt!
Der Bote, den ich Euch sende, ist der ausdauerndste Wanderer, der geschickteste Diplomat und dabei doch der bescheidenste von all den Menschen, die mein Reich besiedeln. Viele sind ihm vorausgegangen, doch noch kein einziger kam mit der erlösenden Botschaft zu mir zurück. Ich muß also annehmen, daß keiner von ihnen Euch erreichte.
Doch noch will ich die Hoffnung nicht aufgeben. Ich wage nicht zu glauben, daß bereits alles verloren ist.
Der Bote kennt die Botschaft, die er Euch überbringen soll. Doch ich fürchte, daß er, selbst wenn er den Weg bis zu Euch überleben sollte, nicht mehr die Kraft haben wird, Euch meine Bitte vorzutragen. Darum gab ich ihm diesen Brief mit.
Ich bitte Euch, helft mir, denn ich leide an einer Krankheit, die keiner meiner Ärzte bis jetzt heilen konnte und auch niemand jemals heilen kann – bis auf Euch.
Ich leide an der Liebeskrankheit.
Meine Geliebte ist ein wunderschönes Mädchen, eine Prinzessin, Lareena ist ihr Name, und ich würde alles darum geben, sie wieder bei mir zu haben.
Ich lernte sie vor drei Jahren kennen, und wir verbrachten einige schöne Wochen in einem alten Kloster in der Mittleren Ebene, dem wohl von Gott am stärksten

erfüllten Ort der Welt, an dem die Sonne nie ohne Musik aufgeht und Einsamkeit ein Fremdwort ist. Hier verbrachte ich die schönsten Wochen meines Lebens.
Doch seit einem Jahr ist Lareena verschwunden. Ihr Schloß steht leer, dem Verfall preisgegeben, und niemand weiß, wohin sie gegangen ist.
Ich lege einen Plan bei, auf dem mein Schloß eingezeichnet ist. Ich werde hier ausharren, bis Ihr kommt.
Bitte, Ihr mächtigen Ancerons, helft mir – ich halte es nicht mehr lange aus!
In der Hoffnung auf Euch verbleibe ich
Erkin, König des Einhornwaldes"

Nachdem sie den Brief gelesen hatten, breitete sich tiefe Stille aus. Niemand wagte zu sprechen, da sie doch nun endlich gebraucht wurden. Es war die erhoffte Botschaft, der Auftrag, von dem zu träumen schon niemand mehr gewagt hatte. Lächeln lag auf ihren Gesichtern, und schließlich brachen sie in Freudentränen aus und begannen einander zu umarmen, zu küssen und in den Gängen ihrer unterirdischen Welt vor Glück strahlend herumzutanzen . . .
Und in seiner kleinen Kammer schloß der Bote zum letzten Mal die Augen, ein Lächeln auf dem Gesicht. Seine Mission war erfüllt, seine letzte Pflicht getan, und er wußte, daß er nun dem Tod und dem, was danach auf ihn wartete, ruhig entgegentreten konnte. Mehr wollte er nicht mehr.

Die Suche

Vicky schloß die Tür des Krankenzimmers hinter sich. Es war jetzt leer, so leer wie alle anderen Räume auch. Sie hatten den Boten auf ihrem großen Friedhof begraben, neben Aiartor, Chiroia, Jacarte und all den anderen, die sie bewunderten.

Alle möglichen Dinge lagen in den Gängen verstreut. In der Welt der Ancerons herrschte Aufbruchsstimmung, jeder suchte die Sachen zusammen, die er auf die Reise mitnehmen wollte.
„Macht schnell, wir müssen bald aufbrechen!" hallte Snargles Stimme durch die Räume, zitternd vor Aufregung – die Aufregung vor dem ersten Einsatz seit Generationen.
Vicky eilte rasch in ihr Zimmer – das sie nun sehr lange Zeit nicht mehr sehen würde –, ging zu dem großen Spiegel, der dort hing, und begutachtete ihr Aussehen. Ihr Gewand gefiel ihr ganz gut, es war das praktische, zugleich aber auch elegante Gewand, das alle anceronischen Frauen auf ihren Reisen getragen hatten.
Sie kämmte sich ein letztes Mal, dann überlegte sie, ob sie den Kamm hierlassen sollte – doch schließlich siegte ihre Eitelkeit, und sie steckte ihn in die Tasche.
Sie verließ den Raum, aber dann drehte sie sich noch einmal um und sah in ihr kleines Reich. Doch bevor die Sentimentalität sie überkam, schloß sie die Tür und wandte sich ruckartig ab.

Die letzten Ancerons wußten verhältnismäßig wenig über die Bräuche ihrer Vorfahren oder darüber, auf welche Weise sie den Menschen zu Hilfe gekommen waren. Dennoch – und sie wußten nicht, ob das nicht eher ein glücklicher Zufall war als bewußte Planung – kannte Vicky den Zweiten Ausgang, den ihre Ahnen eigens gebaut hatten, möglichst schnell zu den Menschen kommen zu können, die sie gerufen hatten.
Unter gemeinsamer Anstrengung öffneten sie die große, massive Felstüre, die schon seit Generationen nicht mehr bewegt worden war. Kalter Wind blies ihnen entgegen – sie sahen in einen Gang, der jedoch schon nach drei oder vier Metern rechts abbog.
Vorsichtig, ja mißtrauisch gingen sie in den Gang hinein, sahen alle vier gleichzeitig um die Ecke, sahen, daß

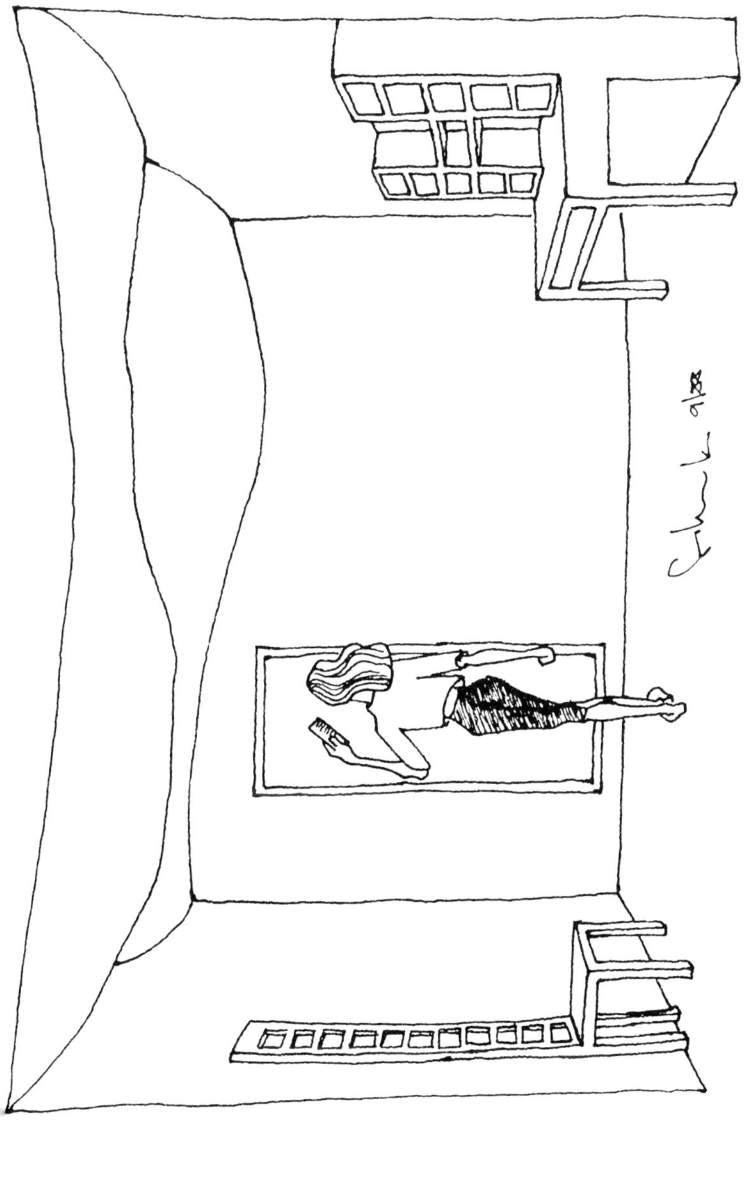

der Gang schon bald wieder abbog – diesmal nach links –, gingen weiter …
Nach ein paar Biegungen standen sie in einem kleinen Raum. An der gegenüberliegenden Wand führte ein Schacht ziemlich steil in eine unerforschbare Dunkelheit hinein. Sie wußten, daß es der einzige wirklich brauchbare Ausgang aus der Welt der Ancerons war – doch zunächst standen sie in dem Raum herum und wagten nicht, sich dem Schacht zu nähern. Kühle Luft, der Ruf der Pflicht und ein Hauch von Gefahr schienen daraus hervorzuströmen.
Und dann sprach plötzlich eine laute, keifende Stimme: „Wer seid denn ihr? Gehört ihr denn überhaupt hierher, könnt ihr euch ausweisen?"
Snargle trat einen Schritt näher an den Schacht heran, aus dem die Stimme zu kommen schien, und sagte: „Wir sagen dir gerne, wer wir sind – aber nur, wenn du dich uns zeigst!"
„Hier bin ich!" schrie die Stimme, und Snargle stolperte erschrocken zurück. Vor ihm auf dem Boden saß plötzlich eine große, ekelhafte Spinne. Sie wandte sich nach oben und sagte: „Wenn ihr euch nicht ausweisen könnt, muß ich euch leider töten! Hier dürfen nur Ancerons durch, so verlangt es das Gesetz!"
„Welches Gesetz?" fragte Snargle. „Wir Ancerons haben kein Gesetz, und wir brauchen auch keines!"
„Wir haben nur unsere Geheimnisse …", murmelte Inkrin.
Die Spinne sah interessiert zu ihm auf. „Du kennst die Geheimnisse der Ancerons?"
„Aber natürlich", sagte Vicky. „Wieso sollten wir sie nicht kennen?"
„Tja, aber das hilft euch nichts!" sagte die Spinne. „Woher soll ich wissen, ob ihr wirklich Ancerons seid? Wahrscheinlich seid ihr keine, da ihr euch nicht ausweisen könnt. Also …" Sie begann langsam auf Snargle zuzugehen.

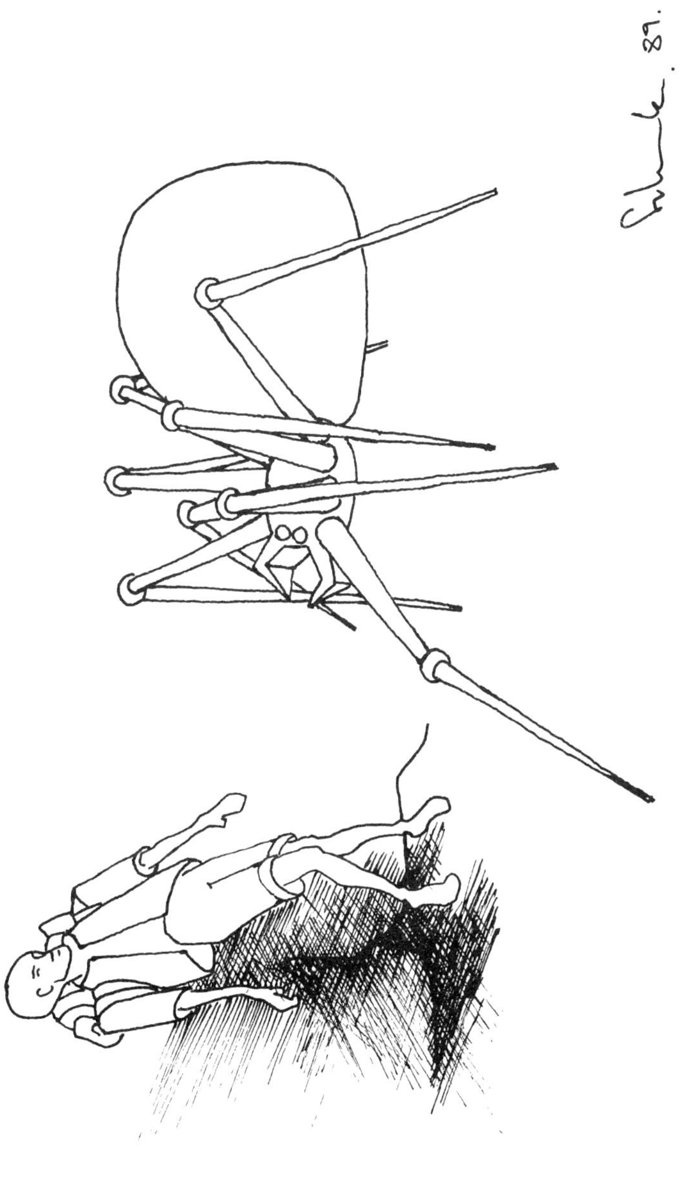

„Nein ... Das ist wirklich nicht notwendig!" sagte Snargle mit zitternder Stimme, während er sich zurückzog.
„Moment einmal", sagte Inkrin. „Wenn wir aber die Geheimnisse kennen – wäre das nicht ein Beweis?"
Die Spinne blieb stehen. „Ja, wenn du sie wirklich kennst ... Aber ..." Sie bewegte sich weiter auf Snargle zu und sprach im Gehen: „Dann sing mir einmal das vierte Geheimnis vor!"
Inkrin überlegte kurz, während die Spinne sich Snargle näherte. Das vierte Geheimnis – wie lange hatte er es nicht mehr gesungen!
„Der Ausgang ist verboten euch,
die Hilfe bleibt versagt, ..."
Die Spinne machte keinerlei Anstalten stehenzubleiben. Sie war jetzt höchstens noch einen Meter von Snargle entfernt.
„Komm schon, nur weiter!" sagte sie.
Inkrin zögerte.
„Sing schon!" schrie Snargle.
Neunzig Zentimeter.
„Solang man euch nicht bittet,
solang man nicht nach Hilfe fragt!"
Achtzig Zentimeter. Snargle stimmte zitternd ein.
„Darum müßt ihr warten,
und weiß auch niemand mehr Bescheid ..."
Siebzig. Vicky und Gundall fielen in den Chor ein. Traurig dachten sie an das Schicksal all der Ancerons, die jetzt tot waren, weil niemand ihrer Hilfe bedurft hatte.
„Die Ancerons sind hilfs-bedürftig ..."
Sechzig.
„Nur Hilfe sie befreit."
Fünfzig.
Plötzlich blieb die Spinne stehen.
„Danke, danke für dieses Lied", sagte sie. „Ich habe es nicht mehr gehört seit mindestens ... Aber lassen wir

das! Nur die Ancerons sind fähig, ihre Geheimnisse für mich zu singen! Also geht – geht hinaus in die Welt und helft den Menschen, die euch gerufen haben!"
Erleichtert gingen die vier auf den Schacht zu, und wie im Traum setzten sie sich auf den glatten Fels. Dann schossen sie in die Dunkelheit hinein . . .
„Und vergeßt es nicht!" schrie ihnen die Spinne, die Wächterin des Ausgangs, nach.
„Die Ancerons sind hilfs-bedürftig; nur Hilfe sie befreit . . ."

Finsternis umgab sie. Es gab keinen Beginn, kein Ende war in Sicht. Sie hörten nur das schleifende Geräusch, das sie selbst auf dem glatten Felsen verursachten.
Wie lange waren sie schon auf der Gleitbahn unterwegs? Minuten, Stunden, Tage? Sie wußten es schon bald nicht mehr zu sagen.
Die Gleitbahn mit ihrer ewigen Dunkelheit hatte nur eine einzige Kurve gemacht, sonst war es immer nur geradeaus gegangen – einem unbekannten Ziel entgegen . . .
Dann sahen sie vor sich einen Punkt, zunächst so klein wie ein Stecknadelkopf, bald größer, aber immer noch ein unbestimmtes Licht. Dann wuchs der Punkt zu einem Kreis, das Ziel kam immer näher, und sie fühlten bereits die frische Luft, die durch die Öffnung in das Innere der Gleitbahn gelangte.
Und dann hatten sie das Ende des Schachtes erreicht. Noch unvorbereitet, ungläubig wurden sie in die fremde Welt hinausgeschleudert. Der Rachen spie sie aus, und unvermittelt fanden sie sich auf einer scheinbar unendlich weiten Grasfläche wieder, einer ebenen Landschaft, nur da und dort von durstenden Sträuchern in ihrer Einförmigkeit unterbrochen.
Einige Zeit standen sie nur da, blickten sich nach allen Seiten um – neugierig, trotz der Eintönigkeit der Landschaft verwundert. Immerhin sahen sie zum ersten Mal die Welt außerhalb der Höhlen, die ihre Heimat waren.

Schenk 1/88.

Nachdem sie das Staunen überwunden hatten, gingen sie los – Snargle hielt den Plan in der Hand, doch sie hätten ihren Weg auch ohne die Karte gefunden. Sie fühlten, daß sie gelenkt wurden. Auch wenn sie nicht wußten wodurch – war es Zufall, Gott, die Phantasie eines Wesens, das höher stand als sie selbst? –, so erkannten sie doch, daß eine gute Kraft sie führte. Und so konnte ihr Weg nicht der falsche sein.
Am Anfang redeten sie noch, ihr Gesprächsstoff war das, was sie bereits erlebt hatten, das, was ihnen vielleicht bevorstand, und die Freude, anderen Menschen helfen zu können – doch mit der Zeit versiegte das Gespräch, und sie gingen nur noch still nebeneinander her. Als es Abend wurde, sahen sie fern am Horizont, doch gegen den hellen Nachthimmel gut erkennbar, den Rand eines Waldes, von hier aus nur ein schmales Band – doch die Höhe der mächtigen Bäume war geradezu körperlich fühlbar.
Sie entschieden, daß sie hier übernachten wollten. Also schlugen sie ihr Zelt auf, teilten die Wachen ein und wickelten sich dann in ihre Schlafsäcke – bis auf Gundall, der die nächsten zwei Stunden lang seine Freunde bewachen sollte.
Die Nacht war ruhig und friedlich. Nur hin und wieder war aus dem fernen Wald der traurige Ruf eines Wolfes zu hören, der seinen Kummer dem feindlichen Mond entgegenschrie.
Kurz nach Mitternacht weckte Inkrin, der soeben die Wache übernommen hatte, seine Gefährten plötzlich auf. Sie krochen erschrocken aus dem Zelt, wollten nach der Ursache der Störung fragen – Inkrin zeigte nur wortlos dem Wald, hinter dem irgendwo ihr Ziel lag, entgegen. Worte waren auch nicht notwendig – wie sollten sie die unzähligen Sternschnuppen übersehen, die dort dem Horizont entgegenfielen?
Es mußte ein Zeichen sein, und sie sahen das Wunder schweigend an. Sahen, wie sich in der Mitte des Hagels

eine Figur bildete, die ihnen den Weg wies, die sie staunen ließ und ihnen zeigte, daß sie behütet wurden; und als das Phänomen in der Finsternis verschwand und sie langsam, noch immer staunend in das Zelt zurückkrochen, unfähig, auch nur ein Wort zu sprechen, waren sie unendlich glücklich.
War es eine Rose gewesen?

Am nächsten Morgen marschierten sie weiter, tief beeindruckt von ihrem Erlebnis. Nur langsam kamen sie dem Wald näher, doch am Abend hatten sie ihn erreicht. Kurz blieben sie stehen, überlegten, ob sie hier übernachten wollten – doch sie alle fühlten in sich einen übermächtigen Drang, ihrem Ziel näherzukommen.
Blindlings drangen sie in das Gestrüpp ein, jetzt schon nicht mehr auf sich selbst achtend – das Blut, das in ihnen pulsierte, die magische Kraft, die sie zog: sie waren stärker als die Schmerzen, die die Kratzer und Schnitte in der Haut verursachten. Und als die Pflanzen fühlten, wer sie zur Seite bog, halfen sie den Ancerons und legten sich zurück, um ihnen möglichst viel Platz zu lassen – und sie gaben die fröhliche Nachricht weiter an die Pflanzen, die hinter ihnen standen . . .
So kam es, daß die kleine Gruppe schnell und ohne Verletzungen in dem dichten Gestrüpp vorankam.
Doch dann traten die Bäume weiter auseinander, der Boden war nicht mehr so verwachsen – ein kalter Windhauch blies ihnen ins Gesicht, und eine unheimliche Stimmung erfaßte sie. Die Pflanzen, nun schon in größerem Abstand voneinander, stemmten sich ihnen entgegen, so als wollten sie sie warnen . . .
„Nein, geht zurück, dort vorne lauert Gefahr . . .“
„Ihr solltet dort nicht hingehen – es könnte euer Leben kosten . . .“
„Zurück, zurück, zurück . . .“
Die Stimmen schienen tatsächlich zu ihnen zu sprechen, sie glaubten zu sehen, wie sich die Bäume bewegten, die

Wipfel neigten sich herab – wie um sie zu schützen vor einer Gefahr, vor der es keinen Schutz geben konnte. Unsicher gingen sie weiter. Zu dem Drang, ihr Ziel zu erreichen, und der Angst, die sie zurückhielt, kam noch eine dritte Kraft hinzu – ein unheimlicher Sog, der sie vorwärtszog, doch nicht ihrem Ziel entgegen, sondern auf eine furchtbare Gefahr zu.

„Bleibt doch stehen . . .“

„Wir raten euch gut . . .“

„Bleibt hier!“ Die Warnungen verhallten, Schreie in der Dunkelheit – wirkungslos. Sie waren wieder allein mit ihrer Angst, ihren Hoffnungen und Wünschen.

Und dann zog Nebel auf. Er schien aus dem Nichts zu kommen, doch er war so real wie der Boden unter ihren Füßen und ihre Hände, an denen sie einander jetzt hielten. Und in dem Nebel waren Gestalten und Bilder und Stimmen, die sie umspielten und umtänzelten und hineinrissen in einen unendlich starken Sog. Es war sinnlos, sich zu wehren, zu stark die Melodie, zu zärtlich die Worte . . .

Sie sahen ein Schiff, schattenhaft, das auf einem unwirklichen Meer dahinfuhr. Die Besatzung stand starr auf Posten, keine einzige Bewegung war zu sehen – lediglich die Segel wurden von einem unsichtbaren Sturm gepeitscht, sie waren teilweise bereits gerissen, und man konnte fühlen, daß das Schiff mit seiner Besatzung auf eine unendlich furchtbare Katastrophe zugetrieben wurde.

Und sie sahen ein Mädchen, wunderschön, und einen Mann, der ebenso verzweifelt wie auch hoffnungsvoll die Hände seiner Angebeteten entgegenstreckte. Sie sah ihn nicht, und die Einsamkeit schien ihn fast zu töten. Das Bild zog an ihnen vorbei, blieb kurz stehen, ging wieder unter. Andere Szenen flammten auf, umkreisten die vier Ancerons, die bereits gestürzt waren und von den Bildern gebannt in das Grau des Nebels starrten. In ihren Augen standen Tränen, der Schlamm des Bodens

bedeckte ihre Gesichter – das Schiff fuhr weiter, die Geliebte blieb unerreichbar, und sie sahen Ruinen, sahen Klöster auf hohen Bergen, sahen Wölfe in dichten Wäldern. Die Visionen kamen und gingen, sie zehrten die Kraft aus den schwachen Menschen – alle Kraft . . .
Die Bilder begannen sich zu drehen, ein Schwarm Heuschrecken fiel auf fremde Felder hernieder, Seuchen entvölkerten ganze Landstriche, Kriege verheerten Länder, Herrscher spielten ihre Spiele mit den Machtlosen . . .
Ein unendliches Wehklagen fiel auf die Ancerons herab. Ihr Bewußtsein begann zu schwinden . . .
Plötzlich war Stille. Die Bilder wurden undeutlicher, und nur noch ein Bild blieb bestehen: das einer dunklen Person, das Gesicht im Schatten einer Kapuze versteckt. Bedächtig schüttelte sie das Haupt, beinahe traurig, als müsse sie jemanden abweisen, den sie gerne zu sich genommen hätte.
Dann war alles vorbei.

Sie erwachten. Nur langsam fanden sie wieder zurück aus den Träumen, die sie quälten, kehrten heim in die wirkliche Welt . . . Noch waren sie zu schwach, um sich zu bewegen – ihre Kraft war geschwunden, und erst langsam kehrte sie wieder.
Und dann merkten sie, daß sie nicht ruhig lagen. Sie schaukelten, wie in blitzschneller Fahrt, und der Fahrtwind strich über sie hinweg. War es eine Täuschung? Nein, als sie die Augen öffneten, sahen sie, daß sie auf dem weich ausgelegten Boden einer Kutsche lagen. Wie schnell fuhren sie? Wohin ging die Fahrt? Und – wer war der Kutscher?
Die Fragen blitzten nur kurz auf, erloschen bald wieder. Zu müde . . . Sie ließen sich zurückfallen in ihre Träume.

Als Inkrin zum zweiten Mal erwachte, fühlte er sich wohl und bei vollen Kräften. Als er aufblickte, sah er

Gundall, der nur sagte: „Vicky und Snargle sind schon wach. Komm mit!“
Inkrin stand auf. Jetzt sah er, daß er auf einem großen, schönen Bett gelegen hatte. In einer Ecke des kleinen Raumes, in dem er sich befand, lagen seine Jacke, der Rucksack und all seine Ausrüstungsgegenstände. Er zog die Jacke an und folgte Gundall, der ungeduldig auf ihn wartete.
Gundall führte ihn einen ziemlich komplizierten Weg in einem System von Gängen entlang, und währenddessen erzählte er ihm, was er wußte. Sie waren im Schloß einer Königin – alle anderen schon wach, sie warteten nur noch auf ihn . . . Die Königin wolle sie bald empfangen. Wie sie hierhergekommen waren und was eigentlich geschehen war, konnte er auch nicht sagen.
Endlich erreichten sie eine große Doppeltüre, die zwei Zwerge öffneten, als sie näherkamen. Sie traten ein.
Der Saal, den sie betraten, war reich geschmückt. Er wurde durch Kerzen, die überall im Raum auf goldenen Kerzenhaltern standen, fast taghell erleuchtet. Dem Tor gegenüber stand ein Thron, der jedoch unbesetzt war. In dem Saal warteten Vicky und Snargle. Auch sie wirkten erfrischt und ausgeruht.
„Guten Morgen“, grüßte Snargle. „Weißt du, wo wir hier sind?“
„Nein – aber ich habe irgendwie das Gefühl, daß wir unserem Ziel sehr nahe sind – viel näher, als bevor dieser seltsame Nebel kam.“
„Das haben wir alle“, sagte Snargle. „Und der Nebel . . .“
„Ja, der Nebel – was war das?“ fragte Inkrin. „Hat einer von euch eine Ahnung?“
„Nein, wir haben darüber schon viel gesprochen. Es scheint wie eine Vision zu sein – so viele Bilder . . .“
„Viele Bilder, ja“, sagte Vicky. „Da war ein Schiff und ein Mann, der seiner Geliebten ein Lied sang . . .“

„Und die Bilder bewegten sich, wie von einem Sturm getrieben . . . Ich kann mich kaum mehr an ein einzelnes erinnern.“ Inkrin versuchte sich in dem Sturm von Erinnerungen zurechtzufinden. „Doch, da war ein Krieg und Heuschrecken und Seuchen . . .“

„Komisch. Wir scheinen alle dasselbe erlebt zu haben. Aber es können doch eigentlich nur Träume gewesen sein!“

„Nein – es waren keine Träume. Die Bilder muß uns dieser Nebel gezeigt haben – oder er hat sie uns erleben lassen, ich weiß nicht, wie ich es sagen soll . . .“

„Es ist ja auch kaum auszudrücken!“ sagte Vicky. „Es ist einfach . . . nicht möglich. Aber woran ich schon die ganze Zeit denke: Was war mit diesem – diesem Mönch oder was das war? Wollte er uns nicht irgend etwas sagen? Ich meine, er hat nur den Kopf geschüttelt, aber irgendwie hatte ich den Eindruck . . .“ Sie seufzte, winkte dann ab. „Ich weiß auch nicht.“

Unbehagliches, ratloses Schweigen trat ein.

„Lassen wir das!“ meinte Inkrin schließlich. „Es führt doch zu nichts.“

„Ja, du hast recht.“ Vicky ging zu einer der Kerzen und spielte mit dem Wachs. „Wir finden doch keine Antworten. Aber vielleicht weiß sie mehr.“

„Die Königin?“ Snargle sah sich nach dem Thron um, als wollte er sich vergewissern, daß er noch immer leer war. „Woher sollte sie mehr wissen als wir?“

„Wer weiß? Wer weiß . . .“

In dem Augenblick, ohne Vorwarnung, ohne irgendeine Ankündigung, schwangen die Flügel der großen Tür auf, und die Königin betrat den Raum.

Sie war nicht sehr schön, eine Frau, die wußte, daß ihr das Leben schon genug gegeben und genommen hatte, und in ihrem Gesicht lag ein ruhiger, ausgesprochen würdevoller Zug. Ihr Gewand war elegant, aber keineswegs das übliche Gewand einer Königin. Sie ging mit zügigem Schritt zu dem Thron und setzte sich. Dann

sagte sie zu den Ancerons, die vor ihr niedergekniet waren: „Kommt, steht auf – ich mag es nicht, wenn Leute sich unterwürfig verhalten!“
Die Ancerons standen überrascht auf.
„Ihr wollt sicher wissen, wer ich bin. Mein Name ist Gwanda, ich bin die Königin des Schneckenschlosses. Mein Reich ist nicht sehr groß, und die Zahl meiner Untertanen beschränkt sich auf die Diener meines Hofs. Aber . . .“ Sie breitete die Arme aus. „Aber das hier ist mein Heim, und ich will gar kein größeres Reich. Ich habe schon viel erlebt, habe viel von der Welt gesehen – meine Neugier ist gestillt!
Es wird euch vielleicht auch interessieren, wie ihr hierhergekommen seid. Nun, ihr habt großes Glück gehabt! Wir fanden euch auf der Großen Lichtung, und ihr machtet den Eindruck, als hättet ihr etwas Furchtbares erlebt. Also ließ ich euch hier in mein Schloß bringen. So, und jetzt erzählt mir, wer ihr seid!“
Snargle antwortete: „Wir kommen vom Kara-Gebirge. Meine Freunde hier sind Vicky, Gundall, Inkrin, und ich selbst heiße Snargle. Wir sind Ancerons . . .“
Gwanda unterbrach ihn ungläubig: „Ihr seid . . . was?“
„Wir sind Ancerons.“
„Ancerons . . .“ Gwandas Augen verloren sich in der Unendlichkeit. „Ich habe diesen Namen schon eine Ewigkeit nicht mehr gehört . . .“ Sie sprach lauter weiter: „Wenn ihr Ancerons seid, heißt das, daß jetzt alles wieder gut wird!
Ich habe nach euch gesucht, habe versucht zu erfahren, wo ihr seid – habe schon fast nicht mehr geglaubt, daß es euch gibt! Im Kara-Gebirge . . . Auch dorthin habe ich meine Boten entsandt, aber niemand ist je wiedergekehrt. Warum habt ihr euch so lange Zeit versteckt – es gibt schon fast keinen mehr, der an euch glaubt!“
„Eure Hoheit, wir . . . Wir haben uns nicht versteckt! Aber nachdem die großen Herrscher uns nicht mehr brauchten, sind wir auch nicht mehr zu ihnen gekom-

men. Das, was Ihr jetzt vor Euch seht, ist der letzte Rest der Ancerons, die letzten vier unseres Volkes. Groß und mächtig – so waren wir einmal. Aber das ist lange her. Außer uns sind alle tot, auf unserem Friedhof ruht fast das gesamte Volk der Ancerons!"

„Mein Gott, hätte ich nur gewußt, wo ich euch finden sollte! Aber keiner wußte es, keiner! Und über unsere Welt ist ein dunkles Zeitalter hereingebrochen. Da ist so viel Leid, da sind so viele Hilfsbedürftige . . .

Aber sagt mir eines: Warum seid ihr nie herausgekommen und habt euch nach den hilfsbedürftigen Menschen umgesehen?"

Snargle wandte sich traurig ab. „Wir durften nicht!"

„Was heißt das – ihr durftet nicht?"

„Es ist eines der großen Geheimnisse unseres Volkes. Wir dürfen – und können – nicht helfen, wenn uns niemand ruft!"

„Hmm . . ." Gwanda ließ sich in die Polsterung des Thrones zurückfallen. „Die großen Ancerons . . . Darf ich euch um eines bitten?"

Die Ancerons sahen auf.

„Erzählt mir, was ihr bisher erlebt habt!"

„Da war eigentlich nicht sonderlich viel." Sie erzählten von ihren Erlebnissen. Als sie fertig waren, sagte Vicky: „Aber wir wissen nicht, was geschah, nachdem wir in diesem seltsamen Nebel zu Boden gestürzt waren. Da waren eine Menge Bilder – aber was ist geschehen?"

„Das, was ihr erlebt habt", sagte Gwanda, und ihre Stimme nahm einen geheimnisvollen Klang an, „ist etwas, das nur sehr wenige erleben. Und von diesen wenigen ist noch kein einziger jemals zurückgekehrt – bis auf euch.

Dieser Nebel ist etwas ganz Besonderes . . . Wir nennen ihn einfach den ‚Nebel der Bilder'. Keiner weiß Genaues über ihn. Wir wissen nur, daß er existiert – vielleicht ist er ein Lebewesen, vielleicht auch etwas anderes. Manche

Menschen, die von ihm umfangen wurden, sind einfach verschwunden. Aber die meisten starben."
Die Ancerons sahen einander betroffen an. Tiefes Schweigen herrschte, das Inkrin nach einer Weile brach: „Und . . . wißt Ihr etwas über Erkin?"
„Erkin?" Gwanda sah ihn erstaunt und offensichtlich erregt an. „Woher kennt ihr diesen Namen?"
Snargle zog den Brief aus seiner Tasche und überreichte ihn wortlos der Königin. Sie las ihn – dann fiel er aus ihrer Hand, und sie sahen, wie ein Schwindel sie erfaßte. „Mein Gott!" sagte sie, unterdrückte einen Schrei, stand dann auf und lief aus dem Saal. An der Tür drehte sie sich noch einmal um und sagte: „Verzeiht mir bitte, aber ich muß jetzt allein sein. Ihr könnt natürlich gehen, wohin ihr wollt, aber ich möchte euch bitten, mich nicht zu verlassen und heute abend mit mir zu speisen. Die Diener werden euch dann in den Speisesaal führen!"
Die Tür fiel zu.
Schweigen herrschte im Speisesaal. Das Schweigen lastete, nervöse Spannung breitete sich aus.
Endlich, als sie alle fertig waren, begann Gwanda zu sprechen: „Ich habe heute Anweisung gegeben, mein Gepäck zu packen. Es steht also alles bereit. Auch für meine Bediensteten ist gesorgt – sie können dieses Schloß übernehmen, denn ich werde es nicht mehr brauchen. Das Schneckenschloß war über dreißig Jahre lang mein Heim, aber die alte Pflanze ist bereit, noch einmal umgesetzt zu werden – was mich erwartet, ist viel mehr wert. Ich weiß, ihr werdet protestieren – aber es ist sinnlos. Meine Entscheidung ist getroffen: Ich werde mit euch reisen."
„Auch wenn Ihr sagt, daß es sinnlos ist", sagte Gundall, „so ist es doch meine Pflicht, Euch zu warnen: Der Weg ist weit – es ist möglich, daß Ihr Euer Ziel nicht erreicht!"
„Mag sein – und danke für die Warnung! Aber da ist nichts zu machen: Ich komme mit.

Ich weiß zwar, daß die Angelegenheit Eile erfordert, aber ich schlage trotzdem vor, daß wir diese Nacht noch hier verbringen. Morgen früh reisen wir ab – mit den besten Pferden meines Gestüts!“

Am nächsten Morgen brach die kleine Gruppe auf. Gwanda hatte nicht zu viel versprochen: Sie besaß sehr gute Pferde – gut genug, um sogar so ungeübte Reiter wie die Ancerons ohne Probleme zu tragen. Das Reiten lag ihnen im Blut, und so kam es, daß sie nach einigen Tagen mit den Pferden gleichsam verschmolzen. Ancerons sind Wesen des Lichts, sie sind die Jünger der Hilfsbereitschaft. Es gibt nur wenige Arten von Wesen, die sie nicht mögen, und mit Pferden kommen sie bestens aus. Darum wurden Menschen und Tiere schon bald zu gleichwertigen Partnern, die einander achteten und vielleicht sogar verehrten.

Es existieren unzählige Sagen, Märchen und Schauergeschichten, die sich um die Reise der letzten vier Ancerons und ihrer königlichen Begleiterin ranken – so viele, daß es unmöglich wäre, sie alle hier zu erzählen. Selbst Cannoiacco, der berühmte Dichter, der sie ein Leben lang sammelte, mußte am Ende zugeben, daß seine Sammlung noch längst nicht vollständig war. Aus diesem Grund überlasse ich es anderen, besseren Dichtern, von dieser Reise zu erzählen, und deshalb, weil wohl niemand je wird feststellen können, was wirklich geschah. Wichtig ist jedoch, daß Gwanda auf dem gesamten Weg – und sie reisten immerhin etwa zwei Monate lang! – mit keinem einzigen Wort auf die Beziehung zwischen ihr und Erkin zu sprechen kam. Nicht einmal andeutungsweise ging sie auf dieses Thema ein, sogar als die Freundschaft zwischen ihr und den Ancerons so innig wurde, daß sie bis spät in die Nacht hinein am Lagerfeuer saßen und Geschichten von der großen Zeit der Ancerons erzählten oder Gwanda ihnen berichtete, was sich außerhalb des Kara-Gebirges zugetragen hatte. Sie reisten durch Eiswüsten und Dschungel, durch

Sommer und Winter, oftmals durch menschenleere Gebiete – doch einmal durchquerten sie auch eine geschäftige, von Leben überquellende Stadt. All dies konnte nebeneinander existieren, denn im Land der Phantasie ist – beinahe! – alles möglich.
Nach sieben Wochen kamen sie in eine regennasse, hügelige, düstere Gegend. So weit das Auge sah, überzogen flache, grasbestandene, nebelbedeckte Hügel die Landschaft. Die Stimmung der Gruppe glich sich der Stimmung der Landschaft an – Düsternis durchzog ihre Gedanken, ihre Gespräche wurden kürzer, bald schwiegen sie ganz. Eine Woche später erreichten sie den Einhornwald.
Der Einhornwald war nicht sonderlich dicht, und schon einen Tag, nachdem sie in ihn eingedrungen waren, trafen sie auf Spuren menschlichen Lebens: Wege führten durch das Unterholz, Reste von Lagerfeuern und alten Hütten waren dort und da am Wegrand zu sehen, und einmal erschraken sie fürchterlich, als sie mitten in der Nacht auf einen verfallenen Friedhof stießen.
Doch nichts konnte sie mehr aufhalten. Sie machten in der Nacht keine Ruhepause mehr, denn sie fühlten die Nähe ihres Ziels. Die Müdigkeit konnte ihnen nichts mehr anhaben.

Erkin richtete sich mühsam auf seinem Krankenbett auf. Der Raum war dunkel, dicke Vorhänge sperrten die Sonne aus.
Neben dem Bett, auf einem kleinen Tisch, stand sein Mittagessen. Er hatte keinen Hunger, aber er fühlte das Fieber in sich wüten, und solange es noch Hoffnung gab, mußte er durchhalten.
Wie weit mochte sein Bote schon gekommen sein? Hatte er die Ancerons erreicht – oder war er bereits gestorben? Erkin wagte nicht daran zu denken.
Appetitlos aß er. Welch ein armseliger Herrscher, der nicht einmal sich selbst beherrschen konnte! Sein Vater

hatte ihm das oft gesagt. Doch Erkin wurde das Bild nicht los, das er ständig vor sich sah – das Bild von Lareena. Ein weiches Bild, mit sorgfältig gewählten Farben gemalt, von einem Künstler, besser als jeder Mensch es je sein konnte.

Müde läutete er. Norbad kam herein und trug die Essensreste fort. Nur eine Frage: „Wie lange?“, und Norbad antwortete traurig: „Der Bote ist schon sechs Monate und drei Wochen unterwegs.“

„Oh Gott!“ Erkin fiel in seine Kissen zurück. „Komm dann zurück, Norbad, und erzähle mir, was draußen vor sich geht!“ Dann schloß er die Augen. Norbad brauchte nicht zu antworten – er war ein guter Freund Erkins, er hatte mit ihm gekämpft, als es darum ging, die Menschen des Einhornwaldes zu vereinen. Nur so konnten sie sich gegen die Armeen der Räuber von Ankand durchsetzen.

Die Menschen, die hier lebten, verehrten Erkin. Sie hatten ihn in seiner Königswürde bestätigt, viele von ihnen waren seine Kampfgefährten gewesen – Erkin hatte ihnen ihr Leben gesichert, und darum fühlten sie jetzt mit ihm. Aber wie lange noch? Wann würden sie einen neuen König einsetzen? Erkin hatte Angst vor diesem Tag. Es konnte heute geschehen oder morgen ... Er konnte ja schon jetzt kaum mehr regieren! Wenn nicht bald die Ancerons kamen ...

Norbad betrat wieder den Raum. Er stellte einen Sessel an Erkins Bett, setzte sich darauf und erzählte seinem König, daß die Gefahr von Ankand nun durch einen Vertrag gebannt sei und daß das Volk immer noch hinter ihm stünde. Er erzählte, bis Erkin einschlief, und dann verließ er leise das Zimmer.

Doch kaum eine Stunde später kam er wieder herein. Er weckte Erkin aufgeregt, und als ihn der König verstört ansah, sagte er nur: „Sie sind hier!“

Erkin richtete sich mit Norbads Hilfe auf. Wie gerne wäre er ihnen entgegengelaufen und hätte sie begrüßt!

Freudentränen traten ihm in die Augen, und er ließ seine Gäste auf dem schnellsten Weg zu seinem Zimmer bringen.

Fünf Minuten später betraten die Ancerons den Raum – ohne Gwanda, die vor der Tür warten wollte. Sie wirkten angestrengt, doch glücklich – ihre Kleider waren schmutzig von der langen Reise, unter ihren Augen hatten sich dunkle Ringe gebildet ...

Langsam gingen sie auf das Bett zu. Zunächst wußten sie nicht, wie sie sich verhalten sollten, doch der König deutete ihnen, sich die Sessel, die im Raum standen, an das Bett zu stellen.

Sie stellten sich vor. Dann atmete der König tief durch und begann zu reden: „Ihr wißt natürlich, wer ich bin. Aber ihr wißt wahrscheinlich nicht, wie glücklich mich euer Kommen macht. Ich hatte die Hoffnung schon fast aufgegeben!"

Er sah ihnen nacheinander in die Augen.

„Snargle, Vicky, Gundall, Inkrin ... Wenn ihr mir helft, verspreche ich euch alles, was ihr wollt – sogar meine Krone! Denn ihr seht ja, daß ich schon fast im Sterben liege!

Ich möchte euch nur bitten: Findet Lareena! Ihr Schloß liegt hier ganz in der Nähe, kaum einen halben Tag zu Fuß entfernt. Ihr könnt hingehen – doch ihr werdet nichts finden. Sie hat es verlassen, keine Diener, nicht einmal die Pferde hat sie zurückgelassen! Ich kann euch von ihr nur dieses gemalte Bild geben – aber in Wirklichkeit ist sie viel schöner."

Snargle nahm das Bild entgegen, betrachtete es voll Bewunderung, reichte es dann weiter. Ein eigenartiger Hauch lag plötzlich im Raum.

Schließlich sagte Vicky: „Eure Hoheit, ich verspreche Euch: Wir werden Lareena finden! Aber wir brauchen keine Belohnung, weder Gold noch Eure Krone. Ihr kennt doch das Volk der Ancerons – Ihr müßt wissen: Allein schon zu helfen ist uns Belohnung genug! Darum

bitten wir Euch nur um eines: Verbreitet die Kunde, daß die Ancerons existieren, weist den Menschen den Weg zu uns – und unser Volk wird wieder zu einer Blütezeit gelangen, und wir werden alles tun, um der Menschheit aus diesem blutigen Zeitalter zu helfen!"
„Oh, ich danke euch", sagte der König. „Und ich gebe euch mein Versprechen, daß ich noch heute Boten aussenden werde in alle Teile der Welt!"
Vicky blickte zu ihren Freunden, ein freudiges Funkeln stand in ihrem Blick.
„Danke", sagte sie. Dann noch einmal, fast nur mehr gemurmelt: „Danke . . ."
„Und wir machen uns jetzt gleich auf den Weg", sagte Snargle schnell, als er merkte, daß Vicky nicht weitersprach. „Und wir werden nicht zurückkommen ohne Lareena!"
Der König lächelte schwach. Ungläubig? – Hoffnungsvoll?
Die Ancerons standen auf und verließen den Raum. Dann ging Gwanda in das Zimmer, und während die Tür zufiel, hörten sie Erkin glücklich und überrascht rufen: „Mutter!"

Die vier Ancerons betraten das Schloß Lareenas. Es besaß keine Wehranlagen – die Bewohner des Schlosses mußten sich sehr sicher gefühlt haben. Eine Treppe führte sie in den ersten Stock – die Wände mit Bildern geschmückt, Bildern von Ahnen, von Schlachten . . . Bald schon hatten sie den Schlafraum Lareenas gefunden.
Auf einem großen, wertvollen Schreibtisch lagen Dutzende von Papieren. Man konnte erkennen, daß sie bereits in aller Eile durchsucht worden waren.
Snargle, Inkrin und Gundall durchsuchten den Schreibtisch, während Vicky auf eines der Kästchen zuging, die an der Wand standen. Doch es war kein Hinweis auf Lareenas Verbleib zu finden. Sie wandte sich ab.

Plötzlich glaubte sie hinter sich eine Bewegung wahrzunehmen. Sie unterdrückte einen Schrei, drehte sich um – nichts schien sich verändert zu haben. Sie trat wieder auf das Kästchen zu – darauf lag, deutlich sichtbar, ein Brief. Sie las ihn, dann reichte sie ihn an ihre Freunde weiter. Erstaunen leuchtete in ihren Augen auf . . .

Der Brief war nicht vollständig. Oben fehlte ein Stück, die Unterschrift war offensichtlich in höchster Eile hingekritzelt. „. . . eigentlich schon viel zu lange gewartet. Es gibt eine Pflicht, mein liebster Erkin, die sogar größer ist als meine Liebe zu Dir.

Wenn Du diesen Brief findest, bin ich weit weg, und ich weiß nicht, ob ich zurückkehre. Ich werde mich dem Bildernebel anvertrauen. Es ist immer noch das Vernünftigste, da er mir schon bis hierher gefolgt ist. Er wird bald ins Schloß eindringen, und ich werde sicher nicht noch einmal fliehen.

Meine letzten Diener sind soeben geflüchtet. Sie haben Auftrag, die Pferde freizulassen.

Mein Gott, da ist er . . . Ich habe nicht geglaubt, daß er so schnell . . . Ich liebe Dich!"

„Der Bildernebel?" fragte Gundall erstaunt. „Dann heißt das ja, daß . . ."

„Es heißt", ergänzte Vicky, „daß er wandert – daß er immer dort ist, wo man ihn braucht. Vielleicht ist er ein Übergang in eine andere Welt . . ."

„Die Außenwelt . . .", sagte Inkrin leise und nachdenklich. „Ja, vielleicht ein Übergang zur Außenwelt!"

„Zur Außenwelt?" fragte Gundall. „Keiner weiß doch, ob es sie wirklich gibt – es ist alles nur Legende . . ."

„Ja, alles nur Legende. Aber die Möglichkeit besteht, daß es sie wirklich gibt, und dann . . ."

Snargle meinte: „Dann müssen wir Lareena dorthin folgen. Uns bleibt gar keine andere Wahl!"

„Nein", sagte Gundall, und Schrecken klang in seiner Stimme. „Uns bleibt keine andere Wahl. Seht!" Er deu-

tete zur Tür, und nun sahen es alle: Dichter, schwerer Nebel kroch durch den Türschlitz ins Zimmer.
„Snargle!“ Vicky ergriff seine Hand. „Ich ... Ich habe Angst!“
„Ja, ich auch. Aber wenn uns keine andere Wahl bleibt ... Ich schlage vor, wir gehen jetzt alle gemeinsam zur Tür, Hand in Hand, und öffnen sie. Es ist sowieso sinnlos, entkommen zu wollen!“
Dann faßten sie einander an den Händen, diesmal vorbereitet auf das, was geschehen würde. Langsam gingen sie auf die Tür zu, während ihnen der Nebel entgegenwallte. Snargle öffnete die Tür ...
Dann umgab sie wieder der Nebel der Bilder. Und wieder sahen sie ein Schiff, und das Schiff blieb stehen vor dem dunklen Abgrund, der es erwartet hatte, und die Geliebte antwortete dem Verzweifelten, und Frieden brach aus im schlimmsten Krieg, und die Heuschrecken verschonten die Felder ...
Wieder war es ein Wirbelsturm aus Bildern. Die Ancerons stürzten auf den Steinboden, fühlten wieder ihre Kraft schwinden, ließen sich mitreißen, erlebten unglaubliche Szenen ...
Die Gestalt im dunklen Mantel blickte auf, und nun erkannten sie, daß ihr Gesicht freundlich war. Der Wächter sagte: „Ja, diesmal seid ihr bereit. Ich werde euch die Passage nicht noch einmal verweigern.
Ich möchte euch eine Warnung mit auf den Weg geben: Ihr habt nur einmal, in einem ganz bestimmten Moment die Chance zurückzukehren. Verpaßt ihr sie, müßt ihr für immer in der Außenwelt bleiben! Seid also vorsichtig ...“
„Und woran erkennen wir diesen Augenblick?“ fragte Gundall. „Ihr werdet es wissen! Ihr werdet es wissen ...“ Der Wächter verschwand.
Dann herrschte Dunkelheit. Stille breitete sich aus, und nur das Ticken einer großen Uhr war zu hören. Dann versanken Raum und Zeit hinter ihnen.
Und dann ...

Träume umgaben mich. Kämpfer mit Schwertern stürzten auf mich ein, der silberne Löwe mit der Mähne aus Gold verfolgte mich durch dunkle Labyrinthe. Ich stieg aus dem Zug, in dem ich nun schon lange fuhr, betrat den dunklen Bahnsteig – sah die Meute, die in den Zugabteilen saß – sah, wie sie lachten. Der Zug fuhr ab, scheinbar glückliche Gesichter, die in der Dunkelheit verschwanden. Waren sie glücklich?
Ich trat einen Schritt zurück, erkannte mit Schrecken, daß ich an der falschen Station ausgestiegen war. Weihrauch brannte mir in den Augen.
Doch dann waren da plötzlich Freunde, viele Menschen, die mir, als ich stürzte, wieder aufhalfen – sie sagten, daß dies keineswegs die falsche Station sei, und ich lachte mit ihnen über meine Angst . . .
Über dem Stationsschild leuchtete etwas auf. Ich sah hin – es war ein Kreuz.
Das Bild zerfiel, die Fetzen stoben auseinander. Ich klammerte mich daran fest, aber etwas, das stärker war, schob es von mir fort. Die Farben zerflossen . . .
Dann lag ich wieder in meinem Bett, verschwitzt. Ich drehte mich um, sah auf die Uhr – halb zwei. Noch genügend Zeit. Ich versuchte wieder einzuschlafen. Doch meine Gedanken führten mich immer wieder zurück zu Gundall und Vicky und Erkin und Gwanda – die Geschichte mußte bald fertig werden, doch dazu mußte ich ausgeschlafen sein! Ein kurzes Gebet – ich brauchte Worte, brauchte gute Ideen . . .
Plötzlich hörte ich hinter mir ein Geräusch. Es klang wie ein Schleifen auf steinernem Boden. Widerwillig drehte ich mich um, versuchte das Dunkel zu durchdringen . . . Waren da Schatten in der Mitte des Zimmers? Sie schienen zu tanzen, doch genau war es nicht zu erkennen. Sie flossen ineinander, fielen wieder zurück, bildeten Gruppen, manchmal scharf von ihrer Umge-

bung abgegrenzt, manchmal weich mit ihr verfließend ... Ungläubig trat ich näher an sie heran.
Unvermittelt fand ich mich in einem Wirbelsturm von Gefühlen, Bildern und Gedanken. Ich sah die Ancerons tanzen, sie hatten einen Kreis um mich gebildet, sie umtanzten mich mit lachenden Gesichtern. Es war seltsam, aber wie sie so tanzten, immer schneller, schneller, und ihre Hände hoben wie zum Vaterunser – als der Wirbelsturm die Bilder um mich herumtrug, erinnerten sie mich an jemand, den ich nur allzu gut kannte. Dann hörten die Ancerons zu tanzen auf, sie blieben stehen und sahen mich an. Gundall sagte, und seine Stimme hallte in der Schlucht der Unendlichkeit: „Immer ... Immer werden wir bei dir sein ..."
Ein einziger Satz, und eine Flut von Freude – ewige Freundschaft ...
Von der anderen Seite?
Oder waren sie hier? Ich versuchte Gundall zu berühren, streckte meine Hand nach ihm aus ...
Tanzmusik klang auf.

Die Erinnerung stand noch immer vor meinen Augen, und Gundall blieb unerreicht. Sah er mich an? Ich hatte das Gefühl, von den vier Ancerons beobachtet zu werden. Sie setzten sich nieder. Wo zwei oder drei ...
Die Gestalten aus meiner Phantasie reichten mir die Hände, nahmen mich auf in ihren Kreis. Ich schloß die Augen, und die Erinnerung wurde deutlicher.
Dann wurde die Musik leiser, der Traum war vorbei. Der Wirbelsturm hatte sich beruhigt. Ich öffnete die Augen ...
Gundall und Vicky hatten mir die Hände gereicht. Wir saßen im Kreis, und in der Mitte brannte eine kleine Kerze. Ich stand auf, blies die Kerze aus und stellte sie auf meinen Schreibtisch.
„Grüß dich", sagte Snargle, scheinbar völlig gelassen. Ich war verwirrt. War es ein Traum? Ich drehte mich

um, sah die vier Ancerons vor mir stehen und dachte, daß ich sie mir irgendwie anders vorgestellt hatte. Sie sahen aus, als bestünden sie nur aus Licht. Unendlich leicht, so schrecklich zart . . .
Mühsam faßte ich mich. „Seid ihr zu mir gekommen – oder ich zu euch?"
Vicky antwortete, und so sehr sie sich auch bemühte, konnte sie doch das Zittern in ihrer Stimme nicht unterdrücken: „Wo liegt der Unterschied?"
„Ich weiß nicht. Ich . . ."
„Aber – wir kommen eigentlich nicht zu dir. Wir suchen ein Mädchen . . .", warf Inkrin ein.
„Ich weiß. Ihr sucht Lareena."
„Ja. Hast du sie gesehen?"
„Nein, ich habe sie nicht gesehen. Könnt ihr noch eine Weile bleiben?"
„Leider müssen wir uns beeilen", sagte Vicky. „Erkin darf nicht sterben . . ."
„Und vor allem müssen die Ancerons wieder zu einem großen und herrlichen Volk werden. Auf euren Schultern liegt große Verantwortung!"
Kurz herrschte Schweigen. Es war schön, mit meinen Freunden beisammen zu sein, und ich hatte das Gefühl, daß wir nicht sprechen mußten, um einander zu verstehen. Dann, spontan, ohne ersichtlichen Grund, doch von allen verstanden, trat Vicky vor und umarmte mich.
„Wir müssen leider gehen", sagte sie. „Vielleicht können wir noch einmal herkommen, aber . . ."
„Ja, ich verstehe. Ihr habt nur einmal, in einem ganz bestimmten Moment, die Möglichkeit . . ." Lächelnd verstummte ich, während ich auch die anderen Ancerons umarmte.
Dann führte ich sie zur Tür. Als ich ihnen nachblickte, wie sie hinausgingen in diese für sie fremde Welt, überkam mich ein Anflug von Einsamkeit. Ich hätte sie noch so viel fragen wollen! Ein kalter Schauer lief meinen Rücken hinab. Ich schloß die Tür.

Lareena saß in der alten Lagerhalle. Es war Nacht, ein bleicher Mond schien durch die kleinen Fenster. Und es war kalt – doch die Kälte machte ihr nichts aus. Sie war es gewohnt, im Winter auf einsamen Straßen zu wandern – war es gewohnt gewesen. Viel schlimmer als die Kälte war das Unglück, das ihr Herz zerfraß.
Sie erinnerte sich noch gut an die Zeit, als sie glücklich gewesen war. Als König Dnarn sie zu seiner Tochter gemacht hatte, scheinbar ohne Grund: Eine Zigeunerin, die mit ihrem Kind, dessen Vater sie nur einmal gesehen hatte, durch sein Land zog! Damals war sie glücklich gewesen.
Sie war auch glücklich gewesen, als sie Erkin kennengelernt hatte – Erkin, der ein großes Reich hätte erben sollen und dann sein eigenes, kleines Reich im Einhornwald gegründet hatte, weil seine Familie flüchten mußte und er dabei von seinen Eltern getrennt worden war. Sie glaubte, daß auch Erkin glücklich gewesen war, als er sie kennenlernte. Aber jetzt . . .
Das Schloß, das Dnarn ihr knapp vor seinem Tod noch bauen lassen hatte, stand jetzt leer. Und es würde nie wieder bewohnt werden . . .
Sie hörte die hinkenden, unregelmäßigen Schritte nahen. Erst einmal hatte sie den Grenzgänger hier getroffen, und seitdem hatte sie gewartet – Nacht für Nacht, Woche für Woche. Sie verachtete ihn, wie es alle Wesen der Phantasie taten, obwohl sie wußten, daß sie nicht verachten sollten. Und sie haßte ihn.
Sie glaubte das angsterfüllte Schreien eines Kindes zu hören, das mit den unheimlichen Schritten näherkam. Hörte sie es wirklich oder war es eine Sinnestäuschung? Schon so oft hatte sie es gehört . . .
Das Schreien ihres Kindes.
Die Schritte kamen näher. Unwillkürlich griff sie nach dem Papier in ihrer Tasche. Es bestätigte, daß sie ihren gesamten Besitz, ihr Schloß, ihren Schmuck, ihre Kleider – daß sie alles dem Grenzgänger schenkte.

Ihr Besitz – es war nicht ihr Eigentum. Sie hatte alles nur von König Dnarn. Das machte die Entscheidung schwer – aber sie war bereit, alles zu geben für ihr Kind. Die Schritte kamen an die Tür heran, die Tür öffnete sich. Der Grenzgänger stand vor der Öffnung, deutlich erkennbar. Er fürchtete sich nicht, denn er wußte genau, daß die Prinzessin ihm nichts tun konnte. Denn die Grenzgänger waren keine Wesen der Phantasie – sie waren auch keine Wesen der Wirklichkeit. Sie waren keines von beiden, und sie beneideten alle die Geschöpfe sehr, die eine feste Heimat hatten. Darum neigten sie zum Verbrechen. Es war ihre Rache.
„Na, Zigeunerin – hast du es mit?"
„Ja, ich habe es", sagte die Prinzessin. „Wo ist mein Kind?"
„Immer mit der Ruhe, Zigeunermädchen! Zeig's her!"
„Nicht, bevor ich mein Kind habe!"
„Du willst dein Kind sehen? Wie interessant! Hier!" Er hielt eine kleine Kristallkugel hoch, aus der angsterfülltes Schreien drang. „Hol's dir doch!"
„Gib mir mein Kind! Ich werde dir dann die Bestätigung geben, daß . . ."
„Wirklich? Glaubst du wirklich, daß ich so dumm bin? Entweder du gibst sie mir jetzt freiwillig, oder . . ." Er kam langsam auf die Prinzessin zu. Jetzt erst erkannte sie, wie häßlich der Grenzgänger war. Und sie erkannte schmerzlich, daß sie einen Fehler begangen hatte – einen schweren Fehler.
Der Grenzgänger kam immer näher auf sie zu. Sie wußte, daß es sinnlos war, sich zu wehren. Und sie wußte, daß jetzt alles vergeblich war. Das Herz des Grenzgängers mußte bereits so verroht sein, daß er nicht fähig war, auch nur den Hauch eines Gefühls zu empfinden. Der Grenzgänger streckte seine Hand aus.
„Gib her!"
Plötzlich ertönte ein Pfiff. Der Grenzgänger fuhr erschrocken herum – in der Tür standen vier Ancerons,

die ihn herausfordernd ansahen. „Was, ihr seid, ihr seid . . . Aber . . . Die Ancerons sind tot!“ stieß er hervor.
„Nein“, sagte Snargle, „die Ancerons leben. Ein neues Zeitalter der Ancerons hat eben erst begonnen – und damit ist das Zeitalter der Grenzgänger wohl zu Ende gegangen. Beide zur gleichen Zeit können nicht existieren, und du weißt das!“
Der Grenzgänger zitterte. Er wollte einen Schritt rückwärts machen, doch da stand Lareena. Sie erwachte jetzt erst aus ihrer Erstarrung, und da sie wußte, daß sie nicht allein war, handelte sie. In der Tasche des Grenzgängers sah sie ein Leuchten – sie griff in die Tasche, und einen Augenblick später hielt sie triumphierend die Kristallkugel hoch – ein magisches Gefängnis. Gellende Schreie drangen in ihre Ohren.
„Gut!“ sagte Inkrin. „Und nun . . .“ Er wandte sich an den Grenzgänger. „Nun wirst du das Kind aus dem magischen Gefängnis befreien!“
„Was, ihr wißt . . .?“ fragte Lareena verwundert.
Inkrin nickte. „Wir haben zugehört. – Also . . .“ Er sah wieder den Grenzgänger an.
„Nur wenn ihr mich dann gehen laßt!“
„Gut, wir lassen dich gehen“, sagte Inkrin gelassen.
„Also gut . . .“ Der Grenzgänger berührte kurz die Kugel . . . Dann ging ein lautes Brausen durch den Raum, der Sturm trieb den Staub in ihre Augen, und dann lief ein kleines Mädchen weinend in Lareenas Arme. Der Grenzgänger war nicht mehr zu sehen – er hatte die Flucht ergriffen.
„Danke . . .“, sagte Lareena nur.
Die Ancerons kamen nicht mehr zu einer Antwort, denn in diesem Moment schien sich der Raum zu teilen, und eine Tür entstand. Sie öffnete sich einen Spalt breit, und sie sahen dahinter gleißendes Licht.
„Komm“, sagte Vicky zu Lareena. „Erkin wartet schon!“

Lareena zögerte. Inkrin und Snargle waren bereits durch die Tür gegangen, die sich inzwischen ganz geöffnet hatte, und sie waren in der gleißenden Helligkeit verschwunden.
„Aber . . .“, begann Lareena. „Erkin weiß doch nicht, daß ich . . .“ Sie wies auf das Kind. „Wenn er erfährt . . . Wird er nicht . . .?“
Die Tür begann sich zu schließen.
„Was soll das!“ schrie Vicky. „Glaubst du, er wird dich verstoßen, weil du ein Kind hast? Du kennst deinen Erkin nicht!“ Gundall ging durch die Tür . . .
„Ja, aber . . .“
„Willst du denn nicht begreifen? Er liegt deinetwegen im Sterben!“
„Meinetwegen?“ Lareena begann auf die Tür zuzulaufen, die schon zur Hälfte wieder geschlossen war.
„Ja, deinetwegen!“ Vicky folgte ihr. „Lareena, der Mann liebt dich . . .“ Sie ging nach Lareena durch die schon fast geschlossene Tür.
Noch einige Sekunden lang fiel Licht durch einen schmalen Türspalt. Dann schloß sich das Tor, die Erscheinung verschwand, und alles war wie zuvor.
Eine Katze schlich erschrocken davon.

Nachdem die Ancerons gegangen waren, kehrte ich traurig in mein Zimmer zurück. Erschöpft legte ich mich nieder, und seltsamerweise schlief ich schon nach kurzer Zeit ein.
Als ich am nächsten Morgen erwachte, glaubte ich zunächst, das Unvorstellbare nur geträumt zu haben. Doch dann fand ich einen Brief, der auf dem Boden lag, und stellte zu meiner Verwunderung fest, daß es der Brief Erkins an die Ancerons war. Ich weiß nicht, ob ihn Snargle vergessen oder absichtlich hiergelassen hat.
Die Ancerons sah ich nie wieder. Wahrscheinlich sind sie in ihre Welt zurückgekehrt – ihre Welt, die auch meine ist.

Hin und wieder, wenn ich traurig bin, nehme ich den Brief aus meiner Lade und lese ihn – und oft ist die Versuchung groß, den Wächter zu bitten, mich in diese phantastische Welt gehen zu lassen, für immer. Er würde es mir sicher erlauben. Ich könnte sehen, was aus den Ancerons geworden ist und aus Erkin und Lareena. Ich glaube, ich würde mich bei ihnen wohl fühlen.
Bisher konnte ich der Versuchung widerstehen.

Bücher von Karin Leiter

Der Trotzdem-Baum – Wurzeln am Felsen Gottes

104 Seiten, mit 3 Grafiken der Autorin, Broschur

Karin Leiter schaut bewußt dem Letzten, das für sie nur ein Vorletztes ist, ins Auge. Ein Mensch, der sich unaufhaltsam mit dem auseinandersetzt, wovor die meisten Menschen zurückschrecken. Wir haben es verlernt, das Problem des Todes zuzulassen. Von dieser jungen Frau können wir lernen, uns hoffnungsvoll mit dem Sterben vertraut zu machen, an das Wunder der Heilung zu glauben.

Tanzendes Kreuz – Mein Weg über Golgotha

112 Seiten, mit 15 Farb- und 21 SW-Bildern der Autorin, Broschur

Der Titel „Tanzendes Kreuz" klingt widersprüchlich. Unsere Vorstellungen und Erfahrungen mit Kreuz, Leid und Tod sind eher erdrückend, worin Lebensfreude und Fröhlichkeit keinen Platz haben.

Das Buch enthält eine Reihe von Gebeten, die in vielen schlaflosen Nächten entstanden sind. Im Zentrum steht ihr ganz persönlicher Kreuzweg, der sich auf einzigartige Weise mit dem Kreuzweg Jesu verbindet.

Tyrolia-Verlag Innsbruck-Wien

Die Bibel atmet
Eine Lebensnot-wendige Begegnung

Vorwort von Bischof Reinhold Stecher
128 Seiten, Broschur

Der Titel ist wörtlich zu nehmen! Die Autorin erzählt von ihrer heilenden Begegnung mit der Hl. Schrift mitten in der größten Lebensnot: unheilbar krank, mit der Prognose, nur noch ein paar Wochen zu leben. Aus den Wochen sind inzwischen über zwei Jahre geworden. Die Lebensnot wandelt sich zu einer lebendigen Fröhlichkeit. Die Bibel birgt nicht nur Worte des Lebens, sie beginnt konkret zu atmen. Das Alte Testament wird zu einem Einatmen. Die Nachfolge Christi führt mitten hinein in das Ausatmen. Es geht hier nicht um eine theoretische Abhandlung über Leidbewältigung, sondern um befreites Atmen mit der Bibel.

Karin Leiter, Jahrgang 1956, ausgebildete Krankenpflegerin, theologische Ausbildung, in der Krankenseelsorge tätig.
Ihre literarischen Schwerpunkte liegen in der Lyrik und Kurzprosa; sie sieht sich als „Sucher und Poet am Rande der Ewigkeit“.

Tyrolia-Verlag Innsbruck-Wien

Christian Friedl,
geboren am 23. August 1971 in Wien,
Besuch des Gymnasiums in Wien,
Matura 1990.
Anfang der Oberstufe erste schriftstellerische Versuche.
Textbroschüre „Gedankensplitter“ im Selbstverlag 1989.
Derzeit Ausbildung zum Buchhändler.

Stefan Schenk,
geboren am 27. Dezember 1970 in Wien,
Bundesgymnasium in Wien,
Matura 1988.
Medizinstudium ab 1989.